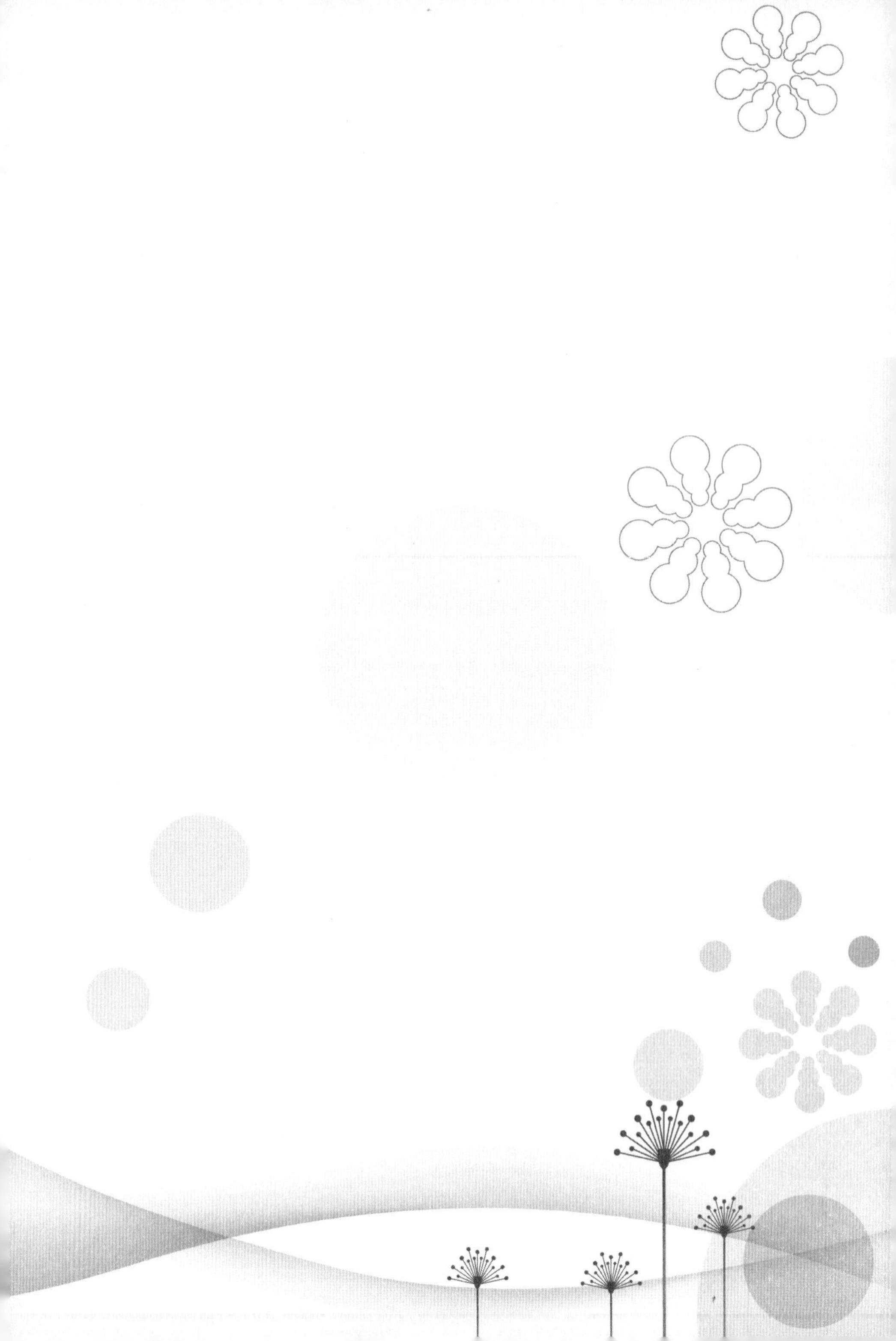

成為孩子的伯樂

《序》

用心感動孩子

◎黃翠吟（泰山文化基金會執行長）

好幾次在基金會舉辦的教師研習會上，倪老師的演說都讓我和很多老師紅了眼眶；她說的故事很能觸動人的內心，進入她的故事，心就變得柔軟了。原本擔任小學老師的她，未退休前每週負責在晨會對全校小朋友講故事，退休後則是對老師及家長說故事，故事主角就是她和她的學生。人的內心一旦有觸動，就有了連結，就能認同及改變。她處處用心去感動孩子，在三十年教學生涯裡努力的研究、思考感動孩子的事，用故事代替說教，用遊戲創意讓孩子樂於學習。

「愛是需要培養的！要多和孩子們交陪（臺語）。」她說，她下課時很少回辦公室，常在教室裡靜靜的看著孩子，他們在操場上互相嬉鬧的樣子愈看愈可愛；上課後，她就學他們笑鬧的動作給大家看，全班笑成一團，每個孩子都認為老師很注意、很重視自己。

放學了，她一個一個的擁抱他們，跟他們說再見及祝福的話，再拿起一顆維他命C塞入他們嘴裡；她常跟他們摸摸頭打招呼、幫他們剪指甲；對特別難教的孩子，思考影響他的方法，耐心等待他的領悟。她每天提醒自己要用笑臉對待孩子，要輕聲說話，也教孩子一個口訣：「吹入心寧靜，呼出口微笑」，讓愛語、微笑成為生活習慣。

倪老師告訴我，有一次義工媽媽來班上帶活動，她問：「你們老師最愛誰啊？」全班的小朋友竟都舉手爭相說：「老師最愛我！」倪老師說她嚇了一跳，也感到很安慰、很滿足；她的用心，孩子都感受到了啊！

有一次教師研習會後，一位參加的老師到講臺前向倪老師表白：「我教書二十多年了，可是我不知如何愛我的孩子們。」當下就流下了淚。她這番表白需要多大的勇氣啊！可以想見倪老師的演講帶給她很深的反省。「妳愛妳自己的小孩嗎？」倪老師問了這句發人深省的話，她說：「愛啊！」「那就把學生當成自己的孩子！」倪老師這樣回答。

這就是倪老師的心法——常常提醒自己「如果這是我自己的孩子，我會怎麼做？」這樣想時，你還會放棄他嗎？愛就這麼長出來了。

每個孩子都需要被尊重、被看見、被珍視，才能自我認同、自我肯定。孩子很敏感又單純，他們的眼睛都在看著，老師的對待以及流露的態度就是「教育」。

泰山基金會一直在推動生命教育，也因此和倪老師結識。生命教育是以生命感動生命、以生命影響生命；倪老師用心關懷、尊重孩子，孩子就能從老師身上體會到什麼是愛與尊重。

倪老師初執教鞭時，也曾是凶悍打罵學生的權威型老師，被孩子稱為

「女暴君」；為此，她不斷反省、思考與改變。二十年前，她開始以靜思語教孩子，因緣際會下參加了「慈濟教師聯誼會」，並與一群慈濟老師開始研發靜思語教學教材，並在證嚴上人的鼓勵下，為海內外慈濟人作了多場演說。從「女暴君」到成為愛心教師、優良教師獲得表揚，大愛電視臺大愛劇場更將她的故事編成電視連續劇。

退休後，她巡迴演講，並將她教學上的創意巧思、與學生的互動、以及家庭親情寫成一個個小故事，字裡行間充滿感情、觸動人心，一如平常她在講故事；聽眾的觀念在沒有說教的壓力下無形中有了啟發，這也是她多年教學的特殊之處。

本書收錄了倪老師教學生涯中一篇篇感人的小故事，對教師班級經營、生命教育、以及父母的教養觀皆有助益。

《推薦序》

看見愛的力量

◎芥子園

二〇一二年四月，倪老師風塵僕僕的來到南臺灣，和芥子園的老師們分享她的教學經驗，精彩且實用，我們都很感動。

第一次見到倪老師時的感覺是她很慈祥；我心想，教學年資要累積多久才能這樣？聽了她的演講，才瞭解到倪老師以前也曾經是疾言厲色；但她透過不斷的反省、經驗的累積、以及遇到了生命中的「貴人」，而有了改變。她所謂的「貴人」，就是指問題狀況比較大的學生，會讓她想盡辦法來克服，也因此有了經驗、有了方法。

倪老師無私的分享她班級經營的方法，對我的教學有很大的幫助；也促使我不斷反省自己：在教學上遇到的一些困難，是不是只有單一的解決方式？有沒有更好的解決方法？

班上的孩子前一陣子十分浮躁，常常要用很多方法讓他們靜下心來寫功課或聽課。聽了倪老師的分享後，便在上課時播放輕音樂；我發現，孩子們進教室後雖然還是會講話，但會降低音量，老師也不需一再要求他們安靜。而且我發現，聽這些好音樂，自己的心情也會很放鬆、很舒服呵！另外，我也試著在每天的放學前五分鐘，讓孩子分享一下今天看到的好事情或是感到開心、快樂的事，希望能讓孩子帶著愉悅的心情回家。

倪老師分享與爸爸的小故事最讓人感動，道出了父親對子女的愛與深情。父母總是願意對孩子無怨無悔的付出；如果老師們也都能將每位學生當作自己的孩子來愛，相信孩子在愛的氛圍中會茁壯成長。

「好心要用好話說出來。」倪老師對教學的想法，讓我們有許多省思。要讓孩子變好，透過處罰或威脅恐嚇的方式，經常讓老師心力交瘁卻沒有效果；換個方式，和孩子說好話、分享好的故事，這些好話和好故事一旦印證到生活經驗裡，孩子自然有所體悟。

我發覺自己有很多需要改進的地方，在每天成堆的功課裡，忽略了孩子最需要的愛和關懷，只執著在「這題數學怎麼還訂正錯！」「這個字要訂正幾次才會記住呢？」倪老師說，每個孩子都希望被看重、被接納、被肯定；仔細想想，令人向上的動力，的確不會從這樣的責備中找到，大人卻很容易陷入這種惡性循環。

有時晚上回到家，飯後洗碗時會猛然想起：今天對某個小孩的吼叫是否太粗魯了些？實在不應該用如此的方式對他……

對於品格教育，真的很難設計課程來讓孩子「學會」；最重要的，就像老師說的要以身作則，才是最好的品格教育教材。老師也需要不斷進修，才能夠迎合學生不斷求知的腳步。很幸運能聽到這樣的課程，讓我少走一些冤枉路。

有一次午休時，我看到班上孩子都睡著了，突然感受到一種很幸福的感覺。好想告訴倪老師：「聽了您的演講，讓我整個人的心靈提升不少，久違的熱情好像回來了一點點，我會好好抓住這種感覺。再次謝謝您！」

倪老師在各處分享這些精采動人的故事與理念，出版後將可讓更多的爸爸媽媽與老師學習到許多創意教養的方式，也讓老師們能夠在教育崗位上充滿能量的繼續前進。我們常常因為「忙」所以「盲」，忽略了很多東西；我想，該開始利用時間說故事給孩子聽了。

編註：芥子園是聖功基金會成立的非營利機構，提供弱勢家庭（貧困、單親、隔代教養、外籍配偶等）的國小、國中學童課後輔導。

《作者序》

我的「心發現」

◎倪美英

我剛當老師時，對學生很嚴格、很兇，常常打學生、罵學生，有時還為了希望班上有好成績，常常不讓學生下課。

有一次，我上課的時候突然肚子痛，急忙去上廁所，在廁所裡蹲很久；老師一不在，小朋友紛紛跑出教室，有人也來上廁所，我就在廁所裡聽見他們的對話。

一個孩子說：「女暴君到哪裡去了？為什麼好久都不進教室？她不是最愛上課嗎？」

另一個孩子回答：「女暴君最好都不要回教室了！我好怕她！真的有夠倒楣，姊姊給她教，我又給她教，媽媽還說弟弟也要拜託給女暴君教，媽媽說她最嚴格、也最棒！但是，我好希望女暴君趕快死掉……」

在廁所裡的我，聽到孩子的童言童語，難過得哭了！

想起當老師以來，這麼認真的每天替孩子複習、複習、再複習，為的是讓每一個孩子都能學會、能有好成績，這不就是最好的老師嗎？為什麼他們還要叫我「女暴君」？

那天，我像洩了氣的皮球，拖著沉重的腳步離開了學校。我不斷的反省，想起曾在書中看過一句話：「佛就是覺者。『覺』這個字，下面就是『見』；當你能見到自己缺點的那一天開始，就是成為覺者的開始。」我擦乾眼淚，在心中發願：從今起要做小朋友喜歡的老師媽媽，不要當女暴君。我在心中自問：「除了課本之外，我還能教學生什麼？」

走進書店，我在書架前尋覓後，拿起了《證嚴法師靜思語》，映入眼簾的第一句話：「每一天都是做人的開始，每一個時刻都是自己的警惕。」正說中我想重新出發的心情；我彷彿久旱逢甘霖般，淚水不禁奪眶而出。咀嚼著一則則淺白的語句，在在蘊含人生的大智慧，令人愛不釋手……

從第二天起，我早早到了學校，播放著古典音樂，開始用毛筆抄寫靜思語；小朋友們看到了「女暴君」的改變，也吵著要學。於是，我讓孩子在聯絡簿上抄下靜思語，再舉生活中的例子加以解說，家長也開始天天從聯絡簿看到一句句「好話」。漸漸的，靜思語教學彷彿施展魔法般，它讓學生變快樂了、家長歡喜了；它也讓我從一個嚴格急躁、追逐名利的老師，變成一個能和孩子做朋友的老師。

一九八九年，當我翻開《證嚴法師靜思語》的那一刻起，也開啟了我另一段特別的人生。

因為找到快樂教學的「心方向」，心中常有許多感動和喜悅，我便將靜思語教學的心得在報章雜誌發表；退休後，我也有如傳教士般，到處分享我的「心發現」，因此和許多學校的老師與家長們結了善緣。

很感謝這三十年來陪伴我一起成長的可愛小朋友，更感謝許多老師將他們美好的生命故事與我分享；收在這本書中的故事多是這些年在演講中分享或在報章雜誌上發表的，角色都是化名。感恩泰山文化基金會的策畫、美蘭的整理編輯以及慈濟傳播人文基金會的出版，謝謝夢禪、詠鈞為了這本書犧牲睡眠、快速打字，感謝所有為本書付出的人！

回想著這二十年來，我和許多人分享了靜思語教學感動的故事和內容；我想，如果把上人的智慧與愛拿掉，這個「我」還剩下些什麼？

我想了又想，我發現，我是一無所有的！

雖然我是如此微不足道；但是，我願化為一扇窗，讓閱讀這本書的您能透過我看到不一樣的世界，將許許多多的智慧與愛傳遞給您！

卷二 創意魔法教室

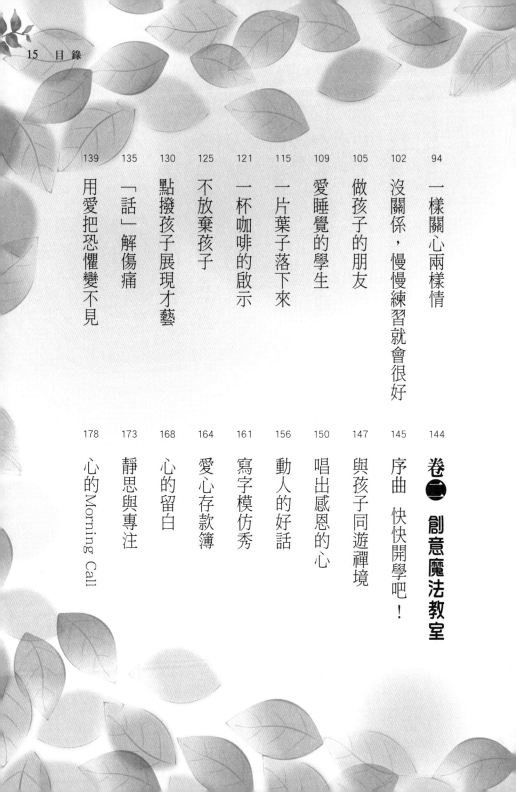

卷一

開心門　觀自在

天下沒有飛不起來的氣球；如果有，一定是氣球沒有被打氣。

天下也沒有教不好的孩子；如果有，一定是這個孩子從未被鼓勵過。

你對孩子的願景是什麼？

我相信，我們共同的願景是：幫助孩子活出生命中最大的喜悅！

親愛的爸爸媽媽以及敬愛的老師，讓我們以身作則，

天天用快樂的心擁抱孩子，並勇敢說出「我愛你」吧！

快樂就是這麼簡單

歡喜迎來了當導護的一週。

只有在這段時間裡，我才能「光明正大」的站在路邊，靜靜的看著行人；因為心是靜的，一如明鏡，許多不一樣的臉譜便映照在我的眼前。

好奇妙！在這麼小小的一方天地裡，一樣的條件，上帝竟然能設計出一個個獨一無二的造型！不過，這一張張的面孔，不管是單獨走在路上，或是坐在高級轎車裡，所呈現的多半是冷冷的、緊張的、不快樂的表情。

這讓我想起了曾經教學生讀誦的一段短文：

雖然你一無所有，但是你幸福光明的表情，就是給別人最珍貴的禮物！看到小孩子的臉時，看到兄弟的臉時，看到妹妹的臉時，到商店買東西時，跟菜販打招呼時，遇到熟人時，只管把幸福的表情掛在臉上；能這樣做，你就是那個到處散播幸福的人！你帶著愉快的表情，到處散播愉快的種子，比給別人任何珍貴禮物都要有價值啊！

好棒的文章，對不對？我馬上做實驗，笑咪咪的對每個孩子說：「早安！」

賓果！回應我的是一張張笑臉，如同一朵朵美麗的花！

再對每一個經過的路人說：「早安！」又是一個個甜美的笑容。好美的早晨、好快活的一天！原來，快樂就是這麼簡單！

你有沒有發現，在笑的片刻裡，你會處於一種很深的「靜心狀態」；

思想澄淨了，胡思亂想消失了，所謂的「禪定」狀態，在此就會自然而然出現！

笑了，就能禪定、就能「靜心」；心靜了，我們就會明白，整個人生其實就是「分享」。

真的！在這個世界上，我們怎麼能夠佔有？世界存在時，我們還沒有存在！有一天，我們都將會消失，然而這個世界仍然會繼續著……

我喜歡唱佛；想著想著，佛號又自然而然從口中湧出。這十多年來，我上、下班都是騎腳踏車；我常會瀏覽四周的風景，細心觀察每棵樹的四季變化，心中總有無限感動。大樹不言，但它自滿自足的用心開花、結果；不必招呼，我們全都自然而然的投向它的懷抱仰望著它，從內心歡喜的讚歎著它。

人，也是可以如此的；好好的學習，心靈的美好品質也會自然而然的流露……

想到這裡，便覺心中一片光明，佛號也越唱越流暢了。我常替佛號換曲調；前幾天教學生唱臺語生日歌：「阿公生日快樂，阿公生日快樂，阿公我愛你呀！阿公生日快樂！」覺得甚好，我就改唱成：「南無阿彌陀佛、南無觀世音菩薩、南無普賢菩薩、南無地藏菩薩……」也很好聽。

唱著唱著，被一個同事遇著了，她問我：「你一邊騎車，一邊在唱什麼？」我和她分享了這讓心靈澄淨喜樂的祕密。她聽了，又羨慕又煩惱的說：「我是天主教徒，不能拜偶像的，怎麼辦？」我歡喜的建議她可以如此唱誦：「聖母瑪利亞呀！聖母瑪利亞呀……」她聽了十分開心的離去。

有一天，我騎車經過她的身邊，我的「阿彌陀佛」和她的「聖母瑪利亞」，在靜靜的清晨裡交互合唱著。

人生，好美呀！

心靈畫圈圈

「只管把幸福的表情掛在臉上；能這樣做，你就是那個到處散播幸福的人！」

我們都是播種人；你希望這世界是什麼模樣，就把那顆種子播撒出去，等待它發芽成長；有這麼一天，對世界祝福的種子會讓你置身在花團錦簇中。請記得，種子不會盡是傑克的魔豆，一定要有耐心等待種子發芽呵！

心靈打勾勾

一、聽見花開的聲音：收集十個笑容，寫下笑容的故事。

二、發現心靈花園：延伸閱讀繪本《花婆婆》。

三、成為園丁的方法：想一想，你可以讓世界變美麗的方法是……

讚美力量大

之一，那會遮勢！

有一陣子，連續好幾週的夜晚，我都受邀到深山部落裡為部落的親子舉辦親師生讀書會。一開始接下這任務時，我很疑惑：怎麼可能會有家長願意在夜裡帶著孩子來參加讀書會？尤其是在幅員廣闊的深山部落，那更是不容易呀！

沒想到，第一次去就感受到在地人的熱情，整個視聽教室充滿了學習的歡樂聲！美麗的女校長更是場場參與，熱情配合。我忍不住的頻頻讚美她，她也真心的和我分享了她的感人故事。

她一開始便笑咪咪的告訴我，他們家裡出了三個校長！我說：「好棒呵！請問您的爸爸媽媽是怎麼教育您們的？」

她幽幽的說：「倪老師，您知道嗎？我媽媽是個智能障礙的原住民，而我爸爸是個老榮民。」

「哦？」我有些驚訝。

她繼續說：「我小時候一直很自卑，因為同學常常笑我們兄妹，說我們是『痟ㄟ』的孩子。但是我哥哥很勇敢，誰敢這樣說，哥哥就過去跟他理論，保護我們不受其他同學欺負。哥哥常說：『不可以看不起媽媽！媽媽很辛苦，每天陪年紀那麼大的爸爸在田裡認真工作，又要煮飯給我們吃，我們應該要孝順她，不可以看不起她！』

「媽媽雖然不識字，不懂得教育的理論，但我媽媽有個教育孩子的絕招：只要我們拿考卷、作業簿回來，告訴媽媽「我又得甲上了！」「我又得第一名了！」……不管我們說什麼，媽媽都會舉起大拇指，笑咪咪的以臺語說：『那會遮勢！（怎麼這麼厲害！）』

「看著媽媽瞇著眼、傻呼呼的舉起大拇指，是我們求學生涯中最美好的回憶……

「哥哥後來考上師專到臺北唸書後，也不斷的寫信鼓勵我和妹妹：『要用功、要爭氣、要一起來臺北唸書！』等哥哥做了校長，他又告訴我們姊妹倆：『要爭氣！要努力！要讓爸爸媽媽以我們為榮！』

「所以，自從我當了校長，放學後常留在學校，在晚上辦親子講座、親師生讀書會，把我的故事跟大家分享，告訴父母要鼓勵孩子、讚美孩子，每個孩子都有無限的可能！」

善哉斯言！在孩子一生中最重要的，正是給他們信心的教育！

之二，喜歡讚美的爸爸

從小，美君就認為自己是一個很平凡的孩子，但她爸爸總有辦法把她變成天才！

爸爸喜歡陪美君寫作業、幫她檢查功課。當父親檢查她的功課時，一句平凡的造句就能夠被爸爸大驚小怪地大聲讀出來給大家聽。像是課本習題造句要用「顯得……」來造句。美君只是簡單寫了一句：「他看起來顯得很憂愁的樣子。」爸爸就會大驚小怪的告訴媽媽說：「妳看！我們家的女兒竟然會用『顯得』來造句耶！這真的很不容易呀！」

美君常被爸爸讚美得飄飄然，每天總是帶著愉快的心情進入夢鄉。

印象最深刻的一次是，國中時的某年暑假，地理老師出了一份作業，要同學們分組合力完成一張立體的臺灣地圖，美君是負責畫藍圖的。她下課回到家，便把大張圖畫紙放在餐桌上，慢慢描繪台灣的海岸線。下班回到家的爸爸看到了，又「大驚小怪」的說：「我的女兒怎麼這麼棒啊！竟然可以一個人獨自完成這麼大張的地圖，還畫得如此精準！將來一定會是一個了不起的地理老師啊！」爸爸的讚美果然成真，美君真的成為了地理老師……

美君說，像她如此平凡的孩子能夠考上師大並當上老師，這都要感謝她樂於讚美的父親。她現在也和父親當年陪伴她一樣，用鼓勵、讚美取代責備來教導學生，讓每個學生都覺得自己好像真的是天才一般；她帶的班，地理成績往往是全年級最好的。

之三，大家都是「長」

想起自己小時候，媽媽很少讚美我，我在學校一直想當個什麼「長」的，讓媽媽可以看到我。然而，一直到小學畢業，沒有一個老師注意到我這個土土的、不起眼的小女孩。

當自己成為老師，我就讓每個孩子都當「長」——把全班分成每組四人——組長管國語、數學作業，副組長管秩序，衛生組長負責晨間檢查，第四個簿子長就負責收發本子。

實施以來，成效不錯；時間久了，偶爾會看到他們漸有當「長」的神態出現。仔細一想，對於班級中的事，如果大家能用「志願者」的心來服務，效果會不會更佳呢？

於是，舉凡掃地、拖地、抬牛奶、擦窗臺，甚至連最後關門的工作，負責的同學都以「長」來稱呼，並請大家志願認養；孩子們好樂，紛紛響應。

當大愛電視臺來班級製作節目時，胖胖的小班長建穎勇敢的面對鏡頭大聲說：「我是『牛奶長』！專門負責抬牛奶和牛奶盒回收！」大姊大雨婁說：「我是『最後長』，每天負責關好窗戶，最後才回家。」忠厚的匡濬竟然也搶著說：「我是『牆壁長』，負責擦牆壁！」惹得攝影師及製作人全場笑倒！

回家後，我把趣事和外子分享，外子聽了哈哈大笑說：「我的煩惱解決了！」

第二天晚上，換他和我分享辦公室的妙事。原來，自從他升為科室主管後，每個月都有臨時實習生進來實習；他每天除了忙於開會，也要負責培訓這群新手，每天都累得像狗一樣。當天，新手又來報到時，他就叫「舊手」來到新手面前說：「這位是本科室的『釘卷』冠軍，你好好跟他學釘卷！這位是『裁紙』冠軍……這位是『檔案』冠軍……」只見每位冠軍都笑咪咪的將新手領養回去！他快樂的拍拍手，坐在椅子上輕鬆的笑了！

沒想到，我的一點小創意正好幫他度過難關。

心靈畫圈圈

責備學生不如讚美學生，讚美比責備的力量大得多了！讚美是信心的積累，責備是自信的摧毀！看見正向處，真心讚美，並不是討好或是溺愛，而是讓被讚美的孩子看見自己的亮點，往亮點處走去，自然而然會以快樂學習獲得成就感。看見學生學習時的快樂笑容，不也是當老師的最大讚美嗎？莫忘初衷，我們都希望自己是給予學生力量的好老師。

心靈打勾勾

讚美一點都不難，以美麗的眼睛用心觀看，別人優點多得不得了！讚美的表達方式可以是－－

一、微笑：給予溫暖

二、擁抱：給予熱情

三、大聲說：給予信心

四、獻花：給予愉悅

你讚美了嗎？你接收到讚美了嗎？

活出生命中最大的喜悅

在一次生命教育研習會的演講結束前，我分享了名字的意義。我的名字「美英」，是爸爸替我取的；不是希望我美麗又英俊，而是爸爸對我的深深期待。他一生識字不多，只能靠做苦工養活我們；有了我之後，他希望我能好好讀書，將來有一天能到美國、英國去留學。

爸爸對我的期望，很深很重的壓在我身上。我這一生沒有機會到美國、英國留學；但是，靠著不斷的說故事，我有了機會可以到美國、加拿大、英國演講。

當我第一次站在美國的講臺上時，我請臺下的觀眾先閉上眼睛，然後學著盧彥勳一樣指著天跟爸爸說：「阿爸，我來美國了！」

爸爸的名字叫「四海」，是祖母取的，她希望爸爸這一生能走遍四海，活出生命中最大的喜悅；只是，爸爸過世得太早，沒有機會完成他名字的意義。我決心替爸爸實現他名字的使命；我每一年都出國，每年去不同的國家，帶回代表每一個國家的腳印（鞋子類的小藝品），跟爸爸及我的學生們分享。

有一次研習會之後，一位名叫「英美」的老師跟我要了聯絡方式，希望有機會能到她的學校去分享。半年後，我終於到了這位老師的學校演講。結束後，英美老師陪著我步出校園；一路上，她侃侃而談她的生命故事……

她說，她有很長一段時間不喜歡自己的名字——英美，覺得很俗氣。先前聽了我的演講，她問了爸爸，為什麼為她取名「英美」？這名字好俗氣呀！爸爸有點不好意思的回答：「爸爸讀小學一年級時的班長，長得漂亮又聰明，她的名字就叫『英美』。有了妳以後，我希望你能像爸爸小時候的班長一樣，又漂亮又聰明……」哇！原來「英美」是爸爸的初戀，是爸爸對女兒的祝福。聽了這個故事，她開始喜歡這個名字了。

「倪老師，我結婚十多年，一直沒有生孩子，我的婆婆逼著先生跟我離婚。離婚後，我整個心都空了，不知道生命意義在哪裡，每天行屍走肉的活著。直到聽了您的演講，您說：『光明的思想帶來光明的人生！』所以我試著改變自己。我這一生沒有自己的孩子，但是我有學生啊！我要用父母的愛心對待每一個學生，這些學生就是我的孩子！

「我們班有一個人見人嫌的過動兒，每當我在上課時他就搗蛋。有一次，我輕聲細語的對他說：『翔翔，你乖，你讓老師好好上完這堂課，老師下課後就為你一個人講好聽的故事。』我的溫柔感動了翔翔。他靜靜的上完這堂課，下課後便迫不及待的跑到我身邊。我拿起故事書，牽著他的手指著字，一個字一個字的讀給他聽；放學時，還讓他把這本好看的故事書帶回去，跟他的爸爸及弟弟分享。

「一個月後，翔翔的爸爸來到學校告訴我：『這個月來，我看著翔翔一天一天的進步，心裡好感動！感謝老師用善心與愛對待翔翔，可以邀請老師一起去參加公司舉辦的員工旅遊嗎？』

「原來，他是個單親爸爸，翔翔讓他每天一個頭、兩個大。我的一點點付出，卻改變了他們一家人。」

英美老師拉著我欣喜的說：「倪老師，感謝您！我也活出我生命中最大的喜悅了——翔翔的爸爸向我求婚了！我這一生雖然不能生自己的孩子，但是別人替我生了個好孩子叫我媽媽。」

我和她手牽手站在高大的椰子樹下，分享彼此的感動與父親對我們的祝福。

心靈畫圈圈

名字是世界上最短的咒語，同時也是永恆的祝福。一個人呱呱落地後，父母為這珍愛的寶貝掛上了虔誠祈求來的平安符——名字；我們這一生便帶著這獨一無二的平安符，承接父母給予的呵護與祝福。名字，是父母給孩子的最大財富！

心靈打勾勾

一、我的平安符：記錄自己名字的故事，並將名字的祝福摺成平安符，可以做成項鍊或是掛飾，讓平安符的祝福隨時守候你。

二、我的祝福卡：為你的樹、玩具、鉛筆、房間等命名；當你一命名，就表示了你的承諾與祝福。

讓孩子當自己的老師

班上的小凱是個獨生子，很依賴媽媽。

小凱的媽媽告訴我，這孩子從小就很懶散。從一、二年級開始，早上要媽媽不停的叫喚才會起床，寫功課也要媽媽一直催；檢查作業是媽媽的事，穿衣服、收拾書包也都要靠媽媽……到了三年級，開始上整天課，學校的功課變多了，他更是窮於應付，便開始賴床、拖拖拉拉的不想上學。

小凱的爸爸長期在大陸經商；他想念孩子、關心孩子，天天打電話遙控指導。媽媽覺得自己壓力很大，簡直快要抓狂了！

看到小凱媽媽的煩惱，我想起自己也曾經是個典型的「橡皮擦媽媽」，天天壓迫著孩子，讓他喘不過氣來！

那時，我陪著念小學的孩子寫功課，常常越陪越氣；每次寫完一項功課，他便順手一丟說：「媽媽檢查！」就在一旁自顧自的玩了起來。我看到寫得不夠端整的地方，就替他擦掉，請他重寫，他就心不甘、情不願的生氣耍賴。有一次，他賴在地上大聲哭鬧，我氣不過，還動手打了他。

後來冷靜想想，這個令人討厭的磨人精，上小學前可是天真可愛得很呢！

孩子很小的時候，就喜歡幫忙做家事；他會幫忙把碗筷排在餐桌上，陪著我整理衣服，拿掃把掃地……雖然從頭到尾只是模仿，甚至幫倒忙，我還是會歡喜的對他說：「謝謝！」「好能幹呀！」他聽了又高興、又得意。有時候，他還會說：「媽媽，我幫你搥搥背！」就用可愛的小拳頭在我背上打出聲響，讓我覺得又舒服又開心。

上了幼稚園大班後，每天有功課，上學要帶書包。有一天出門時，我看時間來不及了，先下樓牽出電動腳踏車，請他吃完早餐再到樓下來；沒想到，在匆忙間他忘了背書包，一直到了學校才發現。他哭著叫我回家拿，我告訴他：「媽媽馬上要開會，實在來不及了啦！」之後的那幾天，他因為怕自己又忘記帶書包，便背著書包吃早餐。

小小年紀的他，就已經開始學習如何避免犯錯的方法，可見孩子並不是天生喜歡犯錯的。

我想到證嚴法師的一句話：「用菩薩的智慧對待自己的孩子！」菩薩以大悲心接納眾生，永不棄捨，我又是如何對待自己的孩子呢？是什麼因素讓他現在這麼不快樂？如果今天換成是我寫好的作業被整個擦掉了，我會作何感想？

我決心改變自己。想起他小時候在遊戲中學習是多麼的快樂，於是我換個方式，邀請他來玩「當老師」的遊戲。

我跟孩子說：「從今天起，請你自己來做你自己的老師，媽媽只負責簽名。好不好？」

我溫柔的告訴他，功課是他的，所以做完功課後必須自己檢查；完成之後，我就會在家長欄簽名，並且還會寫上好話讚美他。

從此，孩子變得好開心！因為，老師看到了媽媽的讚美，也會再一次讚美他。為了得到這些讚美，他每天都好仔細的檢查功課，還會邊改邊說：「這裡不整齊了，重寫……又粗心了，重做！」想不到，他當了「老師」後比我還嚴格。

讓孩子自己當老師，讀書就變成快活的遊戲了。

我跟小凱的媽媽分享這段往事後，也請她跟孩子一起玩「當老師」這個遊戲，我在學校則一同鼓勵小凱。

經過一段時間的親師合作後，小凱回家後都會馬上寫作業、自己檢查功課，並且自己整理書包，還會把容易忘記帶的水壺、美勞用具等物品放在一起。

小凱媽媽說，有一次發現小凱忘了帶美勞用具，實在很想幫孩子送去；考慮許久後，還是打消念頭。孩子回家時，她沒有指責，只是笑咪咪的鼓勵孩子：「你今天忘了帶美勞用具，要好好謝謝借你用的同學呵！媽媽相信你下次一定會記得的。」她學會了把學習的空間留給孩子。

爸媽太認真，孩子就懶惰；大人急著幫孩子打理所有的一切，孩子就什麼都不會！如同銀幕上的影像，是強烈光源投射出來的；如果我們換了一捲影片，影像馬上就改變了。當我們存著快樂欣賞的心，就會出現好孩子！當心靈陷於悲傷或生氣時，壞孩子就馬上出現在眼前了。

心靈畫圈圈

我們以養草莓的方式教養孩子，他們自然成為草莓；如果希望孩子成為獨立堅強的仙人掌，就以培養仙人掌的方式對待他們吧！

我們無法永遠呵護孩子，讓他處在玻璃溫室中；如何引導孩子適應環境、面對困難，是父母該做的課題。讓我們以祝福的心看待孩子；關心而不擔心，祝福、讚美、同理、安慰、傾聽與接納，引導孩子在生活中學智慧、在錯誤中求成長。

爸媽太認真，孩子就懶惰；想引導孩子發揮天賦才能，就一定要給孩子適當的工作，引導他當自己的老師吧！

心靈打勾勾

一、人格養成的路徑參考：關於一隻貓的身分確認，參閱黃春明繪本《我是貓ㄟ》，聯合文學出版。

二、非洲叢林醫生、諾貝爾和平獎得主史懷哲說：「教養子女的三大原則是：以身作則、以身作則、以身作則。」親愛的爸爸媽媽，你們可是以身作則的教養子女？

留下感動和啟發

前幾天到臺北某知名國中，參加他們每週一次的家長成長會的分享；那一天，我分享了巴西球王比利的故事——

貧窮的比利小時候沒錢買足球，只能踢塑膠盒及汽水瓶。因為努力練習，他在十歲的時候，在他的家鄉踢足球踢出了一點名氣，大家看到他都會很熱情的跟他打招呼；還有一些大人總是拿菸給比利抽，而比利也很喜歡學大人「抽菸的感覺」！

他漸漸染上了菸癮。

因為家裡沒錢，就到處跟別人討菸。有一天，他在討菸時被爸爸看到了；爸爸問他：「你抽菸抽多久了？」

知道自己做錯的比利，以為爸爸會很生氣的打他一巴掌，害怕的低下頭來不敢說話；沒想到，爸爸卻給了他一個深深的擁抱。他含著淚對比利說：「孩子，你這一生一定可以成為很偉大的球員！但是，如果你不珍惜自己的身體，怎能在比賽中維持體力？你現在染上壞習慣，你的足球生涯可能就到此結束了，好可惜呀！」

比利聽了好感動，他決定從此不再抽菸。長大後，他果然成為很厲害的足球員，也開始接很多廣告，但他決不代言菸、酒等傷害身體的產品。他總是感恩著小時候爸爸對他說的那些話，永遠感恩著。

說完故事，我請大家也來談談「這一生有沒有從哪位老師或者父母那兒得到像比利一樣的感動和啟發？」

全場一時間鴉雀無聲，只有一位氣質高雅的媽媽舉了手；她說，她這一生最感謝的也是父親，「我的父母都是老師，爸爸是退休的校長。我從小在充滿愛與歡樂的家庭中長大，從來不知道別人的家庭跟我的家庭會是不一樣的。」

她隨後接著說道：「結婚後嫁到夫家去，我每天都在哭，因為我的婆婆非常強勢和霸道。我在廚房裡幫忙做菜，只要有一滴水滴到地上，我的婆婆就會大聲斥責我，夾在中間的先生也不知道該怎麼辦才好。」

有一次她真的受不了了，回家哭著告訴父母，爸爸安慰她說：「中國人最重視五倫、五恩；所謂五倫就是天地君親師，五恩就是要報答天地君親師。一個人能孝順父母就一定會有好的福報；妳看，妳出生在安穩的家庭、先生體貼、子女乖巧善良，這些都是因為妳能忍耐和孝順父母的福報。」聽爸爸說完，她覺得心中的委屈都消失了。

這位媽媽接著說：「我想，如果我孝順我的婆婆、感恩我的婆婆，這些福報將來也都會回到我的子女身上。心念一轉，心就平了！後來，不管婆婆怎麼說我，我都欣然接受，笑咪咪的用感恩的心接受婆婆對我的指導。」慢慢的，婆婆對她的態度便有了改變。

她的小女兒在練習寫生字時，碰到難寫的字常常沒有耐性。有一天，她在寫「聽」字時就發脾氣不想寫了。

「我本來想罵她的；但是，我突然想起自己小時候學寫這個字時也是像她現在這般生氣，那時候我跑去問爸爸：『古時候的人為甚麼要造這麼難寫的字呢？』爸爸抱著我說：『來，爸爸教妳怎麼寫。把這個字拆開有三個部分，耳朵的耳，耳朵下面是王，旁邊是道德的德的右邊。』除此之外，爸爸把這個字用點字的方式點出來，叫我順著他點的點來練習，還牽著我的手將每一個點慢慢連起來。每一個難寫的字都在爸爸發明的點字法中慢慢學會了。

「爸爸除了用點字教我寫字，也告訴我每個字的由來；牽著我的手練習寫字時，我覺得爸爸的手好溫暖，好喜歡和爸爸一起寫字的感覺。現在換我用點字的方法來教我的孩子吧！我牽起孩子可愛的軟軟小手，也要將爸爸給我的這分愛傳下去。」

這位媽媽用溫柔的微笑做了總結。

心靈畫圈圈

父親或是母親，始終是我們生命中難以捨離的原鄉；因為，我們生命的源頭是來自於父母，我們邁開人生步伐追求美好的初衷也是源自於他們。爸爸媽媽教我們做的事，總是要讓我們感受生命的美好，然後幸福的活下去。

心靈打勾勾

一、媽媽（爸爸）教我做的事：爸爸媽媽教我們的事有好多好多，可能有一首歌、一個故事、說話的方式、好脾氣……你記得的是什麼呢？你有傳給下一代的，是父母親教你的哪一件事？

二、有媽媽味道的菜：煮一桌「故事菜」，為每一道故事菜命名，用有媽媽（爸爸）味道的故事餵養你的孩子，分享給你的朋友、滋養你的心。

等了五十年的一句話

從小，我就很怕媽媽，因為媽媽很凶；據說，是因為阿媽對她很凶。由於媽媽是童養媳，從小在打罵教育中長大；因此，阿媽怎麼罵她，她就怎麼罵我。而且那個年代不講愛的教育，反倒是「棒下出孝子」、「嚴師出高徒」之類的觀念深植人心。

打罵式管教，深深刺痛幼小心靈

媽媽也會從電視上學到一些招數，有樣學樣的教訓我。那時，電視歌仔戲正夯，常有一幕是，犯人若是不肯招供，官爺就立刻用刑伺候——用一串木條將手指頭狠狠一夾，犯人就全部招了。媽媽很快的學會這招，每次看我寫字歪七扭八時，就用鉛筆使勁往我手指一夾；「唉喲喂呀！痛死了啦！」一陣嚎啕大哭後，我必定一筆一畫的認真寫。媽媽每次看見我端正秀美的字，就洋洋得意說：「這都是我用鉛筆夾妳手指頭的功勞啊！」

媽媽總是動不動就罵我；有幾回我實在氣不過，就頂回去。小孩的頂嘴方式就是，媽媽怎麼罵我，我就怎麼回應過去。有一次我隨口說：「我能考上女中，妳怎麼都考不上！」因為我知道，媽媽一向氣自己沒能受教育，所以這句話最能狠狠刺傷她的痛處。

媽媽也經常指責我「奸巧」，因為她牢牢記得我三歲時所做的一件事；此後，這個罵名就像緊箍咒般纏了我長達五十年，深深刺傷了我。

三歲的幼兒會做出什麼「奸巧」的事呢？

當時，我的小弟剛出生，每四小時就有香濃的牛奶可喝，看得我既羨慕又嫉妒。有一天，我自告奮勇要幫小弟餵奶，媽媽就將奶瓶交給我；當她轉身走開時，我就偷偷喝起牛奶了。喝得正投入時，小弟哇哇大哭，鄰居的大嬸們紛紛扯開嗓門大喊：「看呵！你們家妹妹在做什麼好事！」媽媽趕過來時，我立即眼明手快的用奶瓶堵住小弟的嘴，哀怨的說：「弟弟，你不是在喝ㄋㄟㄋㄟ嗎？為什麼要哭呢？」可是，這一招瞞不了大人；媽媽痛罵我做錯事還說謊，就用籐條抽得我兩腿通紅腫脹。

媽媽將此事一五一十向爸爸轉述，並說：「這麼奸巧的小孩，以後怎麼辦？」爸爸只是沉默。過了一會兒才說：「以後，我們大人節儉一點就好，不要苦了孩子。」從此，弟弟喝牛奶時，我也有一小杯可以喝。

父愛的撫慰，啟發學習契機

上國中後的第一次月考，我拿到成績單時差點昏倒了——全部不及格，是全班最後一名。這樣的爛成績我怎敢拿回家，媽媽肯定會生氣的啊！於是我急中生智，就用橡皮擦猛塗改考卷，自以為改得天衣無縫。

回家後，忐忑不安的將考卷拿給正在看歌仔戲的媽媽，當時正在播〈包公傳〉；媽媽瞥了一眼考卷，就像包公上身般大聲喝斥：「這張考卷是假的！」然後劈里啪啦的像連珠砲似的開罵：「淡水河沒蓋蓋子，妳怎麼不去死！」我家就在淡水河邊，媽媽總是以這句話作為憤怒的結語。

當天我真的走到淡水河邊，萬念俱灰的想投河；當時，往事歷歷閃過眼前，我忽然想到：雖然老師不愛我、媽媽不愛我，但還有爸爸——他寧願自己縮衣節食，就為了讓我也有牛奶可喝。爸爸是這樣愛我啊！

爸爸的愛將我從鬼門關前拉回來。我在媽媽就寢時間後回家，發現爸爸還在等我。爸爸帶我到廚房，拿出好多剩菜剩飯；早已飢腸轆轆的我，顧不得悲傷的狼吞虎嚥，這真是我吃過最豐盛美味的一餐了。其實，媽媽也在等我，但她還是冷冷的說：「廚房有尖嘴仔在偷吃飯菜呢！」

爸爸沒多說什麼，只安慰我：「妹妹，妳需要幫忙！」隔天便帶我去補習班報名。因為每一科都要補，爸爸把他身上的錢全給了班主任，還不夠補習費的一半。他對我說：「妳不用擔心，錢的事爸爸來想辦法。」補習時，我竟然像是突然開竅似的，老師講的課聽一次就完全懂了。

回家後，我滿心歡喜的向爸爸報告，上課內容我都能聽懂了，爸爸也很滿意，然後帶著一臺才新買三天的SONY牌收音機出去了；再回來時，他將一疊鈔票交給我，要我去繳不夠的補習費。拿到爸爸用收音機換來的錢，我的眼淚不聽話的撲簌簌流下。我說：「阿爸，謝謝您，我一定會用功讀書，不讓您失望的！我將來一定會當一位好老師來報答您！」媽媽仍不改冷嘲熱諷的口氣，在一旁說：「妳若考得上師範大學，我這隻腳也考得上！」我後來能如願上師大，媽媽的另類激勵不能說全無影響吧！

媽媽一句話，我等了五十年

親愛的爸爸媽媽，請記得，好心要用好話說出來！其實，我明白媽媽也愛我，但讓我銘感於心的始終是爸爸。爸爸去世二十餘年了，我沒有一天不感念他，因為他總是用最大的包容來愛我。所謂「美容」，「美」是形之於外，「容」是內化於心；也就是說，我們的包容度愈大，我們的形象就愈加美好。爸爸過世前在我手上寫下「孝」字，我明白他的用意是要我孝順媽媽；我才一點頭，爸爸就安然離開了。

爸爸過世後，他臨終前的叮嚀，我一直念茲在茲。某一天，我問媽媽最想做什麼事？媽媽回答「看電影」，她很懷念年輕時爸爸常帶她去看電影的美好時光。此後，每個月我都特地上臺北帶媽媽去看電影。

每回跟媽媽去看電影的路上，都是媽媽走在前面、我走後面；我實在是太怕媽媽了，所以連跟她並肩同行都不敢。直到有一次看完電影要過馬路時，剛好紅燈，我伸手一把拉住媽媽；一牽手的剎那，兒時的感覺全湧上來了。我依稀記得，媽媽的手是那麼大、那麼柔軟；此時，我手裡牽著的手，卻是這麼小、這麼粗糙……

無論如何，能夠再次和媽媽手牽手，真是欣喜莫名。媽媽也緊緊握著我的手；一路上，我們的手都沒再放開過。到了家裡，媽媽回頭看著我；一時之間，我也不知哪來的勇氣，竟開口說：「媽媽，我可不可以抱抱您？」她就走過來用力抱住我，我也用力抱住她！我好感激媽媽啊！在我們緊緊相擁時，媽媽說：「妹妹，妳真是個好孩子！」當下，我哭得不能自抑，從臺北一路哭回南投。

當時我已經五十歲了，第一次被媽媽說我是個好孩子。這句話，我等了五十年啊！

心靈畫圈圈

有一首詩說：「雖然你一無所有；但是，你幸福快樂的表情，就是給別人最好的禮物。」親愛的爸爸媽媽，請不要吝惜對孩子表達你的愛與肯定；一個溫暖的擁抱，會是孩子最堅實的靠山；孩子也會如你愛他一樣的，對你回以最深情的愛。

心靈打勾勾

一、看見親情之愛：以大自然為師，說說動物父母如何照顧動物寶寶。

二、不能沒有你：父母是靠山，我們一起為這座山種樹，進行水土保持工作；每一個感謝都是一棵樹，也表示你感受到的愛。

永遠不會再退步了！

「天啊！我竟然是全班最後一名……」

看到成績單的那一刻，小禪差點昏倒。八科裡，有七科成績不及格，唯一及格的一科還是聯考不考的公民。「完了！完了！」的聲音不斷在她心中迴盪著，媽媽看到成績單一定會氣到瘋掉……

考最後一名也不錯

懷著一顆忐忑不安的心，小禪拖著沉重的步伐踏上回家的路；明明是同樣的路，怎麼今天走起來格外的遠……

回到家，小禪怯懦的平舉雙手，低頭顫抖著將成績單遞給媽媽，等待著預期中的責罵。沒想到，媽媽看了成績單，什麼話都沒說，逕自走進洗手間；小禪懷著驚懼，杵在原地，動也不敢動，心裡開始各種揣測。

不一會兒，媽媽走出來了，站到小禪身邊；仍舊低著頭的小禪，已經準備好接受媽媽的斥責。

這時，一雙臂膀緊緊的環抱住小禪，媽媽的聲音也在耳邊響起：「孩子！考最後一名其實也不錯；因為，妳永遠不會再退步了！」

小禪的眼眶與心裡頓時充滿了暖意；她知道，媽媽這句話不僅是寬容與體諒，更帶有濃烈的鼓勵意味。媽媽的這番話讓小禪瞭解，自己的未來將會不斷進步。就在她抬頭看著媽媽要說謝謝時，媽媽又笑著補了一句：「妳不僅不會再退步，而且妳將來一定會是個好公民！」

這是我和女兒小禪的真實故事。

當下轉念，親子關係不再對立

那天，在中視全民大講堂的演講結束後，主持人林書煒小姐採訪陪我錄影的女兒。她問女兒：「小禪，妳心目中的媽媽是一個怎麼樣的媽媽？從小到大，和媽媽的互動中有什麼事件是最讓妳難以忘懷的？」

女兒因此說出了這則往事。聽她談起當年，那天的印象清晰浮現……

女兒高一時，第一次月考成績公布當天，回到家便主動跟我說：「媽，您打我好了！」我心想，一定是成績糟透了；果不其然，全班四十五人，她考第四十五名。看到成績單的瞬間，我腦門轟的一響，心中盡是失望與憤怒：「老師的小孩竟然考出這種成績！」情緒正要爆發時，腦海裡忽然浮現了「轉」一字；於是，我將正要出口的話嚥了回去。

為了緩和情緒，也整理一下思緒，我轉身離開現場去洗手間。弓著身站在洗臉盆前，我不斷用冷水潑臉，讓自己翻攪的心沉靜下來。稍微冷靜之後，我開始在心中自語：「考試考不好，誰最難過？我想，她自己才是最難過的人。她今天走在回家的路上，感覺一定比以前都來得漫長……」想到這裡，原有的怒氣瞬間煙消雲散，心也不由得柔軟起來。

我走出洗手間對女兒說：「妳的成績單再讓媽媽看一次。」「再看幾次都是最後一名……」女兒自暴自棄的說。

奇妙的是，我這次看到的竟不一樣了——我看到一片紅字中有一科是藍字，而且還是一百分，那科是「公民」。雖然這一科聯考並不考，我還是對女兒說：「妳不錯呢！公民考一百分，將來一定是個好公民！」我又說：「考最後一名也不錯，因為從此妳不會再退步了！媽媽祝福妳，妳有好大的進步空間呢！」

我張開雙臂給她一個大大的擁抱。

女兒歡喜落淚了，她說：「媽媽，您怎麼這麼有智慧呢！好高興您這樣包容我。從今天起，我不會再考這樣的成績，我不會再讓您為我擔心了！」果然，女兒說到做到，大學和研究所都以第一名的優異成績錄取，而且每學期都拿獎學金。

其實，我一開始也是個很糟糕的媽媽，因為我都跟著我的媽媽學，把她那一套打罵式的管教繼續用在孩子身上。

女兒上小學起，我從未陪她做功課，但她的成績一向不錯，我也認為理所當然；上國中後，成績卻一落千丈。有一天，她放學回來，我第一句話便問：「考試考第幾名？」「二十三名。」她說。

她從小學起大多是第一名，現在竟掉到二十三名！我那天像發了瘋似的，拿起衣架死命的往她身上打，直到她受不了大叫：「媽！我快要被妳打死了！」我才驀然驚醒，懊悔自己怎麼跟媽媽一樣……

「我還要繼續這樣對待我的孩子嗎？」

我突然覺醒了——「覺」字下方是「見」，意謂看見自己。我不要繼續在錯誤中輪迴，不要女兒將來再繼續打罵她的孩子。於是，我慢慢學習改變，慢慢學習當個溫柔的媽媽。

你會是一個好公民

孩子說完後，不僅一掃先前內心裡的憂慮，更進一步與我分享她那天早上在學校的遭遇。

在以升學為重的學校裡，大學聯招不考的「公民」這堂課，常會被其他重點科目的老師借去上其他課；即使沒被借課，學生們上課時也都不會用心聽講。因此，在女兒的校園裡，常能見到白髮蒼蒼的公民老師孤單的在校園行走的身影。那天早上，一向好說話的老先生竟然拒絕將課出借給班長作為啦啦隊的練習使用，並以嚴肅的口吻告訴班長：「我今天要親自來發月考的考卷。」

上課鐘響，公民老師才走到門口就忙著喊：「張小禪！張小禪是哪一位？」一踏進教室又繼續喊：「張小禪在哪裡？」

女兒以為自己做錯了什麼事，慌張的站起身。只見公民老師走到她座位前，緩緩從口袋中掏出一個紅包，眼眶濕潤的連同考卷交給了女兒，沙啞的說：「小禪，妳公民考一百分！這個紅包送給妳！」紅包裡頭裝著一張百元臺幣、五枚一元人民幣、以及六枚一分人民幣。

為此，全班一片譁然！一些同學更揶揄起女兒來：「吼！張小禪，聯考又不考公民，那麼努力ㄍ要用來幹嘛！」「欸！妳公民考一百分，以後可以拿良民證呵！」

女兒說，「公民」考一百分並不是為了得到老師的獎勵。只是單純的喜歡「公民」這個科目，於是認真的讀它；只是喜歡和她爸爸一起討論公民課裡談到的法律問題，所以認真的讀它。說到這兒，女兒突然充滿期盼的看著我的眼睛問：「媽媽，我不知道公民老師為什麼要給我人民幣，但我真的好感動呵！您瞭解嗎？」

當下我領悟到：我的女兒或許不會有多麼偉大的成就；但是，我相信這輩子都能以她的良善、體貼、以及端正的品格舉止為榮。

就在孩子決定以中文系為第一志願、並以第一名的成績甄選上大學時，我突然懂得了那幾枚人民幣的意義。我內心清楚的知道，就是那位公民老師的孤單身影以及他贈與女兒的那幾枚人民幣，啟發了女兒探討中華文化的興趣、以及對文化傳承意義的體認。

當年的那張成績單或許是杯苦茶；然而，我此刻的心多麼回甘呀！

心靈畫圈圈

孩子是慢慢養大的；有些孩子屬於大器晚成，我們千萬不要被那些「別讓孩子輸在起跑點」的廣告詞給迷惑了！與孩子間的互動，最重要的不是課業成績的要求，而是心靈間的對話；如果不方便啟齒，寫紙條或寫信也是很好的溝通方式。孩子的成績好壞不代表一切，重要的是正確的人格發展；藉由一個微笑或一個擁抱，都可以引導孩子走向正確的人生方向。

心靈打勾勾

一、心靈mail：寫信給老師，讚美並感恩老師。

二、心靈想像題：如果你是一位老師，你想成為怎樣的老師？

半夜陪孩子到廟裡看龍

美珠從小做任何事就喜歡拖拖拉拉，寫功課也是如此，不到睡覺前絕不肯動筆開始寫功課；這樣的情況到了寒暑假尤其嚴重，美珠總是在假期最後一天才肯開始動筆。媽媽常叨念美珠，但她依舊我行我素。

直到小學五年級時發生了一件事，她的這個壞習慣才徹底改過來。

那一年，媽媽也像往年一樣陪美珠寫作業寫到深夜。終於，美珠以為寒假作業全做完了，可以安心去睡覺了；突然間，她發現有一張圖還沒畫，而那一張圖的題目是「新年的舞龍舞獅」。

當年沒有網路可以查資料，媽媽拿了一張大圖畫紙跟美珠說：「沒關係，我們可以慢慢畫。」但是，當她拿起畫筆，才發現完全不知道該怎麼畫。美珠跟媽媽說：「我不知道龍長得怎麼樣耶！哪裡有龍呢？」

媽媽一反常態，並沒有罵她做任何事都拖拖拉拉，反而輕聲告訴她說：「廟裡有龍，我們一起去廟裡看龍！」

當時已經是深夜一點！媽媽叫美珠快穿衣服，一起去廟裡看龍。媽媽騎著破舊的腳踏車，搖晃的載著美珠到離家好遠的媽祖廟去看龍柱。

到了廟門口，兩人躡手躡腳的走進廟裡，媽媽拿著手電筒照著龍柱，告訴美珠：「孩子，快看清楚呵！」

美珠緊張的看了看龍柱便告訴媽媽：「我記住了！我們回家畫圖吧！」

母女倆便趕忙回家。騎到半途，美珠腦中的龍柱模樣卻越來越模糊，她忍不住告訴媽媽：「媽媽，我已經忘記龍的樣子了，怎麼辦？」

媽媽二話不說，停下車來調頭，重新帶美珠回到廟裡。這一次，媽媽更溫柔的對她說：「妹妹，要看清楚呵！多看一會兒會清楚一點！」

美珠努力觀察，老老實實的把龍的樣子印在腦海之後，美珠告訴媽媽：「好！我們可以回家畫龍了，我不會再忘記了！」

一回到家，美珠馬上提起筆將廟裡的龍活靈活現的給畫了下來；但是，畫到天亮也只畫完它的主體，已沒有多餘的時間再畫背景了。

一張只有畫著龍而沒有背景的圖就這樣交給了老師。老師看了她的圖，竟然在全班面前大大讚美了一番：「好棒啊！這龍畫得栩栩如生！」

美珠那張沒有背景的龍就在教室後方的布告欄上整整貼了一個學期。

媽媽陪她到廟裡看龍的這件事，一直深印在美珠的腦海裡。她說：「我現在當了媽媽、也當了老師；每當對孩子沒耐心時，我就想起媽媽和老師對我的溫柔與寬容，我也要把這分愛用在我的學生身上。」

心靈畫圈圈

無論父母說話的聲音多大或是多生氣，心中總是柔軟的，他們終究還是將我們緊緊擁入懷中；在我們沉沉睡去時，為我們蓋被……他們是我們生命的終極守護者。

心靈打勾勾

一、如果你想要孩子的笑容，就用你的笑容來換吧！

二、蒐集與父母親的記憶，串成一串珍珠，成為傳家寶。

他是「小爸爸」

新學期，我也接了新班。

在開學的第一天，當我要小朋友回家後記得將聯絡簿交給爸爸、媽媽時，才說到「爸爸」，小宏就大聲的打斷我：「老師，我爸爸在上海！」

我瞪了他一眼。

下一節課，我拿出註冊單請小朋友拿回去讓爸爸、媽媽拿到郵局繳費；我才說到「爸爸」，小宏又大聲的打斷我：「老師，我爸爸在上海！」

這次換成全班瞪了他一眼。

放學時，我發給每個小朋友一封老師寫給爸爸、媽媽的信，同時也邀請爸爸、媽媽寫一封讚美孩子的信給我，小宏仍然大聲的打斷我：「老師，我爸爸在上海！」

當天，全班都被小宏這一句「老師，我爸爸在上海！」搞得快抓狂。

隔天一大早，小宏第一個把父母的分享信交給我。我忍不住問他：「你爸爸不是在上海嗎？」他低著頭回答我：「我媽媽在呀！她寫的。」

在早晨的心靈談話時光裡，我用心讀著每一封信，其中一封這樣寫著：

「好感恩，我擁有這麼貼心的孩子。我是小宏的媽媽。暑假期間，小宏的爸爸轉職到上海，留下我獨自照顧小宏和他的兩個弟弟。我好累，脾氣也越來越暴躁；對小宏，我的抱怨多過讚美。

「前兩天的晚餐時間，小宏的兩個弟弟又哭又鬧，我氣得把自己關在廚房內大哭……就在這個時候，小宏主動的、默默的餵弟弟們吃完飯，然後用很溫柔的語氣幫兩個弟弟洗澡……

「這件事讓我又驚訝、又難過。驚訝的是，小宏小小年紀就已經能夠體會媽媽的心情與壓力；難過的是，我從來沒有給小宏表現的機會，反而天天責備他什麼都不肯做。今後，我會用心的重新看待小宏……」

我含淚讀完分享信，全班孩子的眼眶紅了，小宏也是。

原來，小宏在開學第一天之所以一直打斷我，其實是要告訴我：爸爸調職到上海去，臨行前交代他要負起當家中男主人的責任，要好好的照顧媽媽和弟弟們——他現在是家中的「小爸爸」了！

小宏教了我一件事：要用全新的眼光重新看待、並且善待每一個孩子，因為他們心中都住著一位小天使！

親師生的美好循環

最近，我們家的小寶貝 ____________________

做了件事讓我覺得好幸福

越誇越能——說他好，他才會更好

怎麼說呢？

因為 ____________________________________

____

好感恩

我擁有這麼一位（　　　　　　　　　）的寶貝

最愛寶貝的爹（娘）__________

心靈畫圈圈

孩子是天使，總會在我們束手無措的時候，讓你看見光明，並且重新思考面對他們的態度。天使不說教，而是直接給你故事，讓你感動，讓你學會轉換角度。

心靈打勾勾

一、超級好朋友：介紹好朋友的家。

二、我能為你做的事：畫一張「天使卡」送給你的好朋友，日行一關懷。

三、親師生讚美卡：每一句讚美都是能量的來源，請以「讚美」為身旁的人「加油」吧！

孩子，你累了嗎

常有機會到國中與家長們分享「有效的親子溝通」等議題。國中家長最焦慮的，大多是成績及孩子上網晚睡、早上起不來的問題；這些疑慮，使我想起了女兒國中時的狂飆歲月。

那段時期，她的情緒暴躁、焦慮已到了臨界點。每天回家後，就重重的甩上了門，把自己摔在床上，開著燈一直到天亮；美其名是在讀書，其實是一覺到天亮！

天亮了，又聽見她大吼：「來不及了啦！怎麼辦？我一個字都沒讀！媽媽妳怎麼都不叫我？」天曉得！我一夜起來數次，一會兒熱敷、一會兒冰敷；有時急得拿出三個鬧鐘放在她的耳旁，她依然能睡呀！

我又急又氣！但是，轉念一想：她是不是太累了？就如同我大學畢業旅行回來後連睡了三天，媽媽也在我的耳旁一直叫我，叫到母女倆都氣呼呼！那時的我還只是旅行了十天，現在的她卻是整整累了三年！每天清晨匆匆出門，夜深了才回來，一天要考八科，實在太累了！就讓她好好睡吧……

「考不上高中也沒關係的！」我這樣回答關心她的導師。

某個星期天的早上，她突然早早起床說：「我今天不想去學校自習了，我要和家芬一起去游泳！早就約好了的，我一定要去！」

「哦！她不是只剩下一個月的時間就要甄試了，她還有這種心情？」她爸爸在房裡喋喋不休的說著。

我善解了她。也許，她真想去游泳，已經三年沒游了啊！

「去吧！」我乾脆答應。

「真的？媽媽！」好久沒聽到她這樣溫柔的答話了。

一小時後，她回來了。「游得高興嗎？」我問。

「水好冷、人好少，沒什麼意思耶！媽，人都到哪兒去了呢？」

「都在讀書，準備聯考了！」

「喔……」

從那天起，她自己訂了份計畫表，每天認真讀書，好不容易從國中順利畢業，後來也甄選上了公立高中。

心靈畫圈圈

做父母的我們若能用心體貼，面對孩子做錯的時候，能忍一下，不叨念他、多給他們一點柔性的關懷，孩子的心裡自然有所激盪、有所感受；孩子們能體會你的心意，走出一條好路來的！一點柔性的關懷，其實是一股溫柔的力量，能將孩子原本具有的面對問題的能力逐漸引導出來。

心靈打勾勾

一、親愛的大人們，讓我們回到自己的狂飆歲月：你那時的瘋狂是什麼？希望被理解的是什麼？

二、我們不要成為孩子的開路先鋒－－「先鋒」太嚴峻了！如果是伴隨孩子往前走的同伴，我們會比較溫柔，會放棄第一時間的說教，取代的是願意聆聽孩子一路上的故事。今天就開始去傾聽孩子生活上所發生的事吧！

親情不該有隔夜仇

一位憂心忡忡的媽媽向我求救：「倪老師，怎麼辦？我兒子小光每天都帶著刀子，一直說要殺死他爸爸。」

如果這位爸爸是妻子口中的「好丈夫」，他怎麼會是個讓兒子如此憎恨的父親？我請這位媽媽邀他先生一起來。

原來，小光在國二那年，有一次晚自習後，回家時正下著大雨；由於視線模糊，他騎了別人的腳踏車回家，結果被以現行犯逮捕。

爸爸接到警局打來的電話，又急又氣；就把綁家犬的鐵鍊解下，帶著鐵鍊直奔警局。他在警局大聲對自己兒子斥喝：「你真是不要臉，竟然敢偷東西！」罵聲中還夾雜著髒話。

他把那條狗鍊直接套在兒子的脖子上，一路拖著他回家！

從此之後，兒子性格大變，不斷與他惡言相向，並且刀不離身。

我對這位爸爸說：「您真的傷害了您的兒子。一個每天帶著刀子的人，他是多麼沒有安全感、多麼害怕呢！」

「您是不是應該向他道歉？」我問這位父親。

「為什麼要我道歉？」爸爸生氣的說，「我們的父母以前也是這樣打我們、罵我們，他們也從來沒有道歉過呀！我們現在為什麼要跟孩子道歉？」

我轉頭問媽媽：「您兒子喜歡什麼呢？」

媽媽說：「他喜歡音樂，每天都在房間裡將音樂開得很大聲，還一直說想去學吉他。」

爸爸說：「功課都最後一名，還學什麼吉他？」

我笑著說：「沒學吉他也是最後一名呀！你們應該要讓他去學的！」

媽媽也說：「他功課這麼差，還讓他學，行嗎？」

我又問：「那您兒子有沒有偶像呢？」

媽媽說：「有，他最喜歡孫燕姿！」

我告訴爸爸：「買張孫燕姿演唱會門票給他，好不好？」

爸爸說：「那很貴耶！一張票好像要兩、三千元。」

我說：「爸爸，你願不願意用三千元換回孩子的心呢？」

夫妻倆都沉默不語。

幾個月之後，小光媽媽來找我，分享了這故事的結局。

爸爸真的去排隊買了演唱會門票，放在孩子桌上說：「拿去啦！」

小光看到門票時，瞠目結舌的說：「爸……這是……」

「孫燕姿演唱會門票啊！去臺北看吧！」

爸爸轉身關上房門之前，輕輕的說：「還有，失禮啦（臺語）！」

小光聽到這句遲來的道歉，趴在桌上放聲大哭……

過了幾天，小光竟然也用自己的零用錢買了一張演唱會門票放在桌上給爸爸。

小光對爸爸說：「爸爸，我們鬥陣去臺北看！」

看完演唱會之後，小光安下心來讀書，成績突飛猛進，也順利考取高中。

心靈畫圈圈

人與人之間的可貴，不在感情最好時能有多好；而是在最不好時，是否仍堅持著不願破碎的心意。尤其是，跟最親愛的家人之間若有了裂縫，窮盡一生也值得我們用心去修補；因為，人生沒有回頭路，親情也不應該有隔夜仇呀！

心靈打勾勾

一、照相簿：照片記錄了美好的永恆片刻，請打開和家人一起的舊照片，看看裡面記錄哪些美好的事物呢？

二、張開發現美的眼睛：當美好被召喚起來時，眼睛所見都是美好事物。

那個「最後一名」的孩子

「老師再見！」

「路上小心呵！」

下課鐘聲一響，好幾個小男生便迫不及待的背起書包往外衝，桌子椅子被撞得歪歪斜斜，小女生們也晃著便當袋跟我說Bye Bye，只有子豪靜靜的坐在位子上偷偷抬頭看我，卻不敢吭聲。

他是班上最後一名的學生，我望著他的成績單時發了呆——該如何對他說「加油」呢？每次補考總有他的名字，總是在放學後被我留下來「強迫複習」，成績卻仍然沒起色。子豪的媽媽和往常一樣，和氣的站在門外等他；沒有慍色，只是耐心等著。

「子豪，今天複習到這裡，你可以回家了。」我拍拍他的肩膀。

他很快的收好考卷衝到媽媽身旁。

「加油，好孩子。」媽媽滿臉微笑，向我點頭致意，也給子豪最溫柔的鼓勵。

我愣住了，心想：「如果子豪是我的孩子，我能不能跟他母親一樣，笑得如此自在？最後一名的孩子，他的人生從挫折開始，是否能安然抵達成功的彼岸呢？」

這是二十年前的故事了，子豪仍是我偶爾會想起的學生；如果再次遇見他，他會對我說什麼呢？

當你想起誰，命運似乎就會安排兩人再次相遇；我在全民大講堂的演講現場，再度看見二十年前那個讓我擔心不已的男孩。

和小時候一樣，子豪依然很害羞，低著頭走進會場，有點臉紅的探了我一眼，默默坐下，沒有太招搖的姿態。錄影結束後，我與幾位以前的學生一起吃飯，子豪也是其中之一；不過，他沒說太多話。

「唉，他應該不知道我很掛心他過得好不好吧？」正當我心中如此想著時，子豪很誠懇的對我說：「老師，今天我送您回家吧！」

「老師，我已經從北科大研究所畢業，現在是鴻海的工程師呵！」在車上，子豪的聲音顯得有些興奮，一臉自信，讓我有些驚訝。那位總被我留下來補考的小男生，一轉眼不僅完成了研究所學業，而且還有了個人人稱羨的工作。他看到我的表情，笑得靦腆：「我小時候都考最後一名，您大概沒想到我會讀到研究所吧！」

其實，子豪升上國中之後，成績依然很差，總是被分到所謂的放牛班，所以高中聯考當然也沒考好，念了別人眼中較不出色的私立高職。高職畢業後，爸爸對他說：「再加油一點，去考個二技好嗎？」

他便勉強去念了二技。

二技畢業後，爸爸又說：「再努力一點，你也許可以念大學呵！」子豪半信半疑，但爸爸可不放棄。為了鼓勵兒子，他自己先去報考中山大學的ＥＭＢＡ，很努力的讀書。

「我都四十多歲了還想讀書，想讀我夢想中的學校——中山大學；你比爸爸年輕，一定也能考上國立的科技大學！」爸爸透出的那份信心，感動了子豪。於是，父子倆每天都到圖書館苦讀，想把過去荒廢的時光都補回來。

衝衝衝……

那個「最後一名」的孩子終於考上了國立臺北科技大學研究所，而且研究所一畢業就考進了鴻海集團。

聽到子豪如此得意的述說自己的奮鬥過程，我的心裡湧上萬千感觸，也讚歎他的父母如此包容與耐心的等待與陪伴孩子！人生真是一條好長的路！父母師長都希望孩子要贏在起跑點上；但是，如果一開始衝太快，體力不濟了怎麼辦？是不是就代表沒有終點了？如果起跑時輸給別人，是不是應該給孩子更多鼓勵和讚美，陪伴他們勇敢堅定的跑下去呢？

子豪看著我，似乎讀出了我內心的掛念。他一臉成熟的模樣，認真的說：「老師，您知道嗎？找工作時，人家看重的是最後畢業的那個學校，從前的那些學歷也就不重要了。」

我看著子豪，心中無限感動；雖說是「晚成」了些，但終究還是「成」了！

心靈畫圈圈

人的生命歷程正是一場馬拉松；大部分時間總是一個人孤獨的跑著；在體力不濟時，若有人陪伴，便能產生堅持到終點的力量。這樣的陪伴不需要言語；只要靠近，被支持的感動便可以傳遞過去。

心靈打勾勾

一、心靈加油站：一起去慢跑，在雙腿痠軟及氣喘吁吁後，感受有人為你遞水、送毛巾擦汗的感動。

二、心靈應援團：一起來讀書，說出你會的或不會的，讓大家一起來七嘴八舌動動腦。

三：心靈打氣工：看見有人心情低落嗎？有人垂頭喪氣嗎？傳個紙條為他打氣吧！

要做永遠的第一？

小時候的我，平凡而不起眼，從來沒有拿過一張獎狀，我好羨慕班上那些風雲人物；因此，當我的女兒從一年級開始不斷得獎，著實滿足了我的虛榮心。

剛開始時，對於女兒的優異表現，我滿心歡喜；漸漸的，在她得了好多個第一之後，我覺得她得第一是應該的，也開始對她做出不該有的要求——我要她做永遠的第一！

在她升上國中後，過多的補習、功課，終於使她崩潰了！

起初，她只是變得懶散、不愛乾淨，任憑我三催四請，她仍然無動於衷！不刷牙、不洗臉，整天躺在床上發呆；問她功課寫了沒，她總是說：「寫完了！」或者是：「沒功課！」

考卷發下來了，她的成績一落千丈；我氣急敗壞的大罵，她竟冷冷的回答我：「某某同學才考二十分，我五十幾已經不錯了。」

從前的她是向上比，現在的她總是向下比而不在乎。

在震怒之下我動了手，用衣架打得她皮開肉綻，她不禁大聲叫饒：「媽！別打了！我快要被妳打死了！」這時我才驚醒過來。一看，鍾愛的女兒早在我的暴怒下傷痕累累……

放下衣架，我將她摟入懷中，兩人都哭了。在淚光中，我想起從前……

女兒還是小不點時，托保母照顧；下班後，因為捨不得讓她坐摩托車吹風，我就抱著她，直接從保母家坐計程車回家。那時，我和她爸爸總是迫不及待的搶著抱她、親她，還親到她兩頰紅腫。這樣被珍愛的孩子，怎麼會隨著時光的流逝而走樣呢？是不是我們的教育方法出了問題？

是的，好久沒和她談心了！長久以來，我和她爸爸在吃過晚飯以後，飯碗一收，兩人就埋入報紙中、連續劇裡，然後輪流高聲的叫喊著：「快寫功課！快讀書！快洗澡……」

「快快快」的催促，使她變得更加不快；一切責罵，使她變得更懶散。當時的我們，幾乎忘了她還是個孩子啊！而孩子是需要被愛的。

當我在講臺上分享這段經歷時，臺下的媽媽們頻頻拭淚，一位媽媽更大聲哭了出來。她說，她也有一個從小到大五育均優、讓全家引以為傲的天才孩子，她也不負眾望的考上了國中資優班。

第一次月考後，小學時總是第一名的她，卻只考了第三名。爸爸看到她的成績，破口大罵。她沉默的快步回房，重重的摔上房門……

第二次月考，她退步到第十三名；爸爸更生氣了，說了重話：「考這樣的成績，妳還敢回家啊？」她更沉默了。

第三次月考，班上三十三個資優生，她是三十二名。爸爸把成績單丟在她的臉上，忍無可忍的對她說：「妳給我死出去！」

她真的「死出去」了！沒有回家……

一家人發瘋似的找她，登報、上網、報警……最後是警察局通知他們孩子的下落：她在西門町當雛妓被逮到；因為未成年，所以將被送到教養院接受感化教育……

說到這裡，這位媽媽早已泣不成聲，我上前擁抱了她。她也勇敢的大聲發願：

要用真心真愛把她失足的女兒重新愛回來！

大家給了她如雷的掌聲……

心靈畫圈圈

「第一」，不需要永遠，它是可遇而不可求的；讓孩子放鬆心情，順乎自然、單純自在的學習，比什麼都重要。別讓深愛彼此的父母及子女，在失控的關愛中窒息了。

心靈打勾勾

一、愛的密碼：「愛」的表現方式有很多種，也會因人而異；請試著解讀父母、老師、兄弟姊妹及朋友間的「愛的密碼」。

二、延伸密碼：閱讀一本可愛又甜蜜的小書《猜猜我有多愛你》（上誼文化出版），一起來比一比「我有多愛你」！

一樣關心兩樣情

某個星期四下午，我應邀到桃園的一所國中演講，主題是教師的情緒管理，對象全部都是數學老師。

從小我的數學就不好，大學聯考數學才考二十三分。記得高中時每次月考完、數學老師發考卷時，我的考卷總是被老師狠狠的丟在地上；我常常是一邊哭、一邊訂正著考卷……往事歷歷，我真的沒有勇氣去面對這麼多數學老師。

喜歡數學的女兒曾跟我提起一位她最難忘的數學老師。那位數學老師總是微笑著走進教室，先輕聲細語的和大家打招呼：「親愛的好孩子，大家早安。」然後開始他數學解題的藝術之旅。

老師解題很慢，每一題數學都是用粉筆和尺清楚而工整的條列出每一道題的解析方式。他要大家別急著抄答案，先用心看老師如何解析。

看著老師那認真、用心的表情，女兒覺得好感動，自然而然興起喜歡學習的心。那一年跟著老師學習數學，讓她學會了做事的方法與認真的態度。

這位老師的用心，讓學生受用不盡。

兒子國中的數學老師剛好相反；他喜歡和學生開玩笑，還喜歡為學生取綽號，以為這樣子能和學生們打成一片。

兒子的兩眼之間有一顆大痣，因此他最先成為老師取綽號的對象。

「那位臉上長痣的！對！就是你！以後就叫你『一點觀音』！現在上來做這一道題目。」

全班聽了哄堂大笑，兒子卻一臉錯愕，心裡十分不舒服；但是，因為不想和老師起衝突，就一直忍耐著。

除了兒子，班上其他同學也被一一取了綽號。有一位家裡開糕餅店的同學，被叫做「月餅」；名字裡有「凱」字的，就被叫「凱子」……還有其他許許多多綽號。

從此以後，數學就變成兒子最討厭的科目。每次上課，兒子總會很緊張、擔心自己最討厭的綽號會被叫到；不幸的是，老師每次上課一定會點他上去做題目。因為他的數學成績不算頂好，老師可能是想給他多一點練習的機會，才會每次都點他；但是，每一次上臺對兒子來說就像是一場噩夢、一場煎熬。

「一點觀音！上來解題！」每次老師一說完，同學的嘲笑聲就轟然響起。

兒子一天一天的忍耐，也漸漸的忍耐到了極限……

更讓兒子厭惡的是，每次考完試，老師對那些考不好的學生，都會用極粗鄙的話來辱罵他們：「這麼簡單你也不會？你是頭殼裝屎嗎？」「這題連小學生都會，你是白癡嗎？」「智障！就是有你們這群啦啦隊，我們班數學成績才會一直沒起色！」許多同學聽了敢怒不敢言，心裡都十分痛苦，但又不敢說。

兒子常常在半夜哭泣，抱怨老師為什麼要這樣對待他們。他一天比一天討厭數學，心裡的積怨也日益加深。

有一次段考後，兒子的成績十分不理想；因為，這段日子來他再也無法好好聽課，更無法喜歡數學，於是一直逃避著。那次考試成績出來，成了全班最低分。

「一點觀音！又是你！你回家到底有沒有做題目？你是頭殼壞去

嗎？」

忍耐到極限的兒子突然爆出了：「我不叫『一點觀音』！講話放尊重一點！」

「你這是什麼態度？我要打電話請你媽來！看看她的小孩是怎麼跟老師講話的！」

兒子反駁：「來啊！我媽媽也不爽你很久了！要來講就來啊！去打電話啊！」

老師氣炸了，叫全班自習後就回辦公室了。

兒子班上的同學都嚇壞了！有的男生起鬨說，數學課的「正義」以後就靠他來維護了；一些女生和數學小老師則煩惱著要不要去請老師回來上課。

就這樣等到了下課，班導師把兒子叫出去訓了一頓。回家後他告訴我，他被記了小過，但只是存記，如果再違規一次就要送出。我沒有多加責備而是安慰他，並教他寫一封道歉信給老師，兒子點頭同意；我要他隔天放在數學老師桌上，是否接受就看老師了。

接下來兩個禮拜，老師天天都不上課，只有發卷子叫同學們自習；後來，兒子的班導師打電話給我，我才知道，數學老師那天竟然氣到差點心肌梗塞！心血管不好的數學老師，被這樣一氣竟沒有力氣上課了，只好一直發考卷給學生們寫。

數學老師和兒子班上的關係後來一直沒有改善，但老師從此不再叫同學綽號，也不叫同學上臺了；這對兒子來說算是好事，因為他不用再戰戰兢兢的上課，怕被叫綽號外加上臺解題。

國中畢業後，我問兒子，是不是有更好的解決方法，可以避免發生這樣的事情？

他告訴我，他可以在一開始不舒服的時候，私底下偷偷跟老師講；只要有誠意的話，相信老師也會有所改變的。事情演變成雙方都不讓步、甚至撕破臉的局面，使全班上課的氣氛降到冰點，這樣真不好啊！

現在，兒子雖然已經讀大學了，還是很怕數學；高中的時候，數學也是他的罩門。

這位老師的輕忽，讓孩子遺憾受苦。

心靈畫圈圈

當孩子學不好一門功課時，我們是否可以去瞭解背後的原因，然後耐著性子幫助他們？兩個數學老師，一位將數學化為孩子生命中的藝術欣賞，另一位則讓數學課成了殘酷舞臺，令孩子競相走避。兩位都是認真的老師，是態度形成了不同的效應。

口說好話，如蓮花吐芬芳；口出惡語，如利刃會傷人。好心要用好話說出來。幫人取綽號也要小心，別以為只是玩笑話；有時說者無心、聽者有意，你的無心話可能是他心中的至痛。別讓玩笑話傷人而不自知。

孩子進入學校教育時，老師就成為他們的典範，一舉一動或一言一語會自然的刻入孩子的記憶中，在日後發酵……老師的教學、對學生所說的每一句話，都能深深影響每位學生的人生。身為老師者能不小心警惕嗎？

心靈打勾勾

一、Yes or No：討論喜歡與討厭的科目，列出原因，小組分享討論結果；之後，由老師引導、分析。

二、上面的活動是一種反省與重新定位，會讓孩子看見每個不同的學習狀態，心中自然產生調整機制；老師也能夠藉此瞭解，喜歡或討厭的背後原來還有這麼多故事。

沒關係，慢慢練習就會很好

英文和數學往往是許多學生最害怕又是成績最差的科目。在研習會場上，淑如老師分享了她學習英文的快樂歷程！

她說自己最難忘讀高職時的英文老師，這位老師改變了她的一生！讀高職的孩子，英數成績通常並不是很好，喜歡英文的更是寥寥可數！但是，自從李老師教她們英文之後，她們全班都開始熱愛起英文。

「李老師教英文的方法很不一樣，她常帶著她自己訂的英文郵報到學校，朗讀郵報中的好文章給我們聽，並把朗讀過的文章影印給我們，讓我們自行閱讀。

「她讓我們自己把不懂的英文單字剪下來貼在圖畫紙作的小卡片上，一張張的小卡片就是我們自己要學習的單字卡，自己背誦自己的小卡片並練習自己造句；因為每一個人不會的單字不同，剪的單字因此也都不同。

「每當考試時，她就考我們自己做的英文卡片，從中隨機抽考；即使我們回答不出來，她也總是微笑著說：『沒關係，慢慢練習就會很好。』

「就這樣，班上的英文成績大大提高；也因為有這麼與眾不同的老師，我不再害怕英文，後來更考上了師大英文系，並當了英文老師！」

她說，她實在很感謝這位始終帶著迷人微笑、說著「沒關係，慢慢練習就會很好！」的李老師。

淑如老師現在上英文課時，也像李老師一樣帶著一份英文報紙，和資源班的孩子們展開快樂的卡片探險之旅，然後告訴孩子們：「沒關係，慢慢練習就會很好！」

心靈畫圈圈

證嚴法師說過：「老師們，當你走到教室時，不要馬上衝進教室罵人；先站在班級牌前，心裡默念三聲『綿羊、綿羊、綿羊」再進教室。』聽完師父的話，大夥兒哄堂大笑！原來，師父是要我們學習做一個會笑的快樂老師。

當我們用含笑的眼、含笑的臉面對孩子們，就像是發現路邊一朵朵美麗的小花；只要一笑，春天就來了。笑，能讓自身處在一種很深的靜心狀態中，思想和煩惱將會全部消失！不論是誰在身邊，都會有「如沐春風、和風煦煦」的舒暢與自在，大家會喜歡你。

心靈打勾勾

一、太陽能：出去晒晒太陽，把幽暗的心晒一晒，儲備正向能量！

二、向日葵：想像自己是吸收飽滿陽光的向日葵，散發光芒，以燦爛笑容蒐集他人的笑容，一個笑容可以換一個星期的太陽能呵！

做孩子的朋友

曾經到美國留學、後來在國中教美術的鳳美老師，在一次教師研習會場中，分享了她在美國念書時的故事。

鳳美大學美術系畢業後，隻身到美國的西部大學攻讀碩士學位。班上的同學個個都是藝術的高手，第一次上繪畫課時，她覺得被徹底打敗了！因為，鳳美發現其他同學的作品都比自己有創意、有深度太多了！她自卑的蓋上顏料，想就此打包行李回國。

生命中美麗的相遇在此時出現了，教繪畫的詹姆士老師在鳳美心情低落時，走到她身邊，溫柔的拍了拍她的肩說：「Good jobs!」這溫柔的拍肩，讓鳳美留了下來。

第二次上繪畫課時，鳳美木然的坐在座位上，不敢提筆。老師走到身邊，問她為什麼不畫呢？鳳美羞澀的輕聲告訴老師：「老師，我不會畫，畫得很不好……」老師又拍了拍她的肩膀，笑笑說：「多練習就好，不要急。」於是，鳳美鼓起勇氣完成了作品。

班上同學完成作品後，老師會進行講評；但並沒有公開作品評分，只是將作品一一掛出來，針對每一幅作品的優缺點給予建議與指導。

臺灣的教育總是比較在意成績的高低，往往也無情的評定了一個人的高低。在美國，老師則是朋友，只給建議，學生並不會像在臺灣那般受到分數的制約。就這樣，鳳美歡喜的修完藝術課程。

當鳳美即將完成學位的那年暑假，詹姆士老師突然因車禍往生，她痛苦了好長一段時間，在學校時也不敢經過老師的辦公室。回國後，鳳美常常想起老師說的那句話：「多練習就好，不要急。」

鳳美在國中教美術，同事們常喜歡借課來給學生考試，她都予以婉拒。她認為，在這個升學主義掛帥的環境下，孩子們每天面對的就是考不完的試，美術課是他們最能放鬆心情的時光，不該再被考試剝奪。碰到不會畫畫的孩子，鳳美也總用詹姆士老師的話告訴學生：「不要急，多練習就好。」

畫完後，所有孩子的作品都能貼在牆上，就像詹姆士老師當年把鳳美作品掛在牆上一樣……

心靈畫圈圈

技能的學習很容易，難的是超越技能的心靈涵養；如果技能有「心」，就能讓習來的技能成為傳遞美好的因子，也能讓這項技能成為生命中最重要的陪伴。

學習，欲速則不達，不如慢一點、多練習……

心靈打勾勾

孵豆芽：種子要長成一棵大樹，並不會像傑克的魔豆那般一夜長成；我們需要在對的季節播種後，細心照料，等待種子慢慢長成一棵樹。讓我們從播撒種子開始栽種一棵植物，體驗「緩慢」的美好結果吧！

愛睡覺的學生

九二一大地震後，我晚上在社區大學開了一門心靈導讀的課，來上課的都是社會人士和家庭主婦。每次上正課前，我都會先放一段可以讓大家放鬆心情的輕音樂，隨著音樂和學生們一起閉眼靜坐；在靜坐的時間裡大家可以沉澱心情，並放下世俗的煩惱憂愁，等身心舒坦後才開始今天的心靈課程。

在音樂聲中安心入眠

有一個學生，每當音樂開始播放，她就開始呼呼大睡，之後進入正式課程，就不時傳來她熟睡的鼾聲，隔壁的同學到下課時才叫醒她。離開的時候，她總會歡喜的對我說：「謝謝老師！」容光煥發的和我說再見。

剛開始，我以為是因為工作很累的關係，所以課程的前一兩週沒刻意叫醒她，就讓她好好睡覺。之後，她仍舊睡得自在；雖然有好幾次想要提醒她，但想到她已經是個成人了，又睡得如此香甜，只好作罷。

每當課程進行分享時間，輪到她時，她總是靦腆的說：「不好意思，我都沒有好好聽老師上課，不知道要分享些什麼。」

一學期就這樣迷迷糊糊的結束了。過了個暑假，新學期開始報名時她居然是第一個來的！我心想，怎麼會有這麼一個古怪的學生，上我的課時一直在睡覺，現在竟然第一個來報名。

開學後，一如往常，她又在音樂開始時便呼呼大睡，同學們也見怪不怪了；但是，大家都納悶，她到底是為了什麼來上這門課的？

學期結束前，學生們舉辦謝師宴，也分享彼此這一年來的學習心得；沒想到，她竟然第一個舉手。她面露驚恐，哀傷的說著自己的故事：「一年來，感謝大家的陪伴，讓我走出大地震的陰霾。地震後，我的家倒了，家人都往生了，只有我倖免於難。儘管家園已經重建，但夜晚時總會想起當晚怵目驚心的場景和罹難親人的面孔，直到深夜我仍無法入眠；報名參加這門課後，因為有老師和同學的陪伴，我可以很安心的在教室裡睡覺。感謝老師和同學們這段時間沒有人叫醒我或責備我，真的很感謝！」

原來，上這門課可以讓她暫時放下傷痛、忘卻痛苦；聽著輕柔的音樂和老師的聲音，讓她可以很安心的入睡。後來，我將教室裡的靜坐音樂送給她；儘管課程已結束，但只要她播放這首音樂，就好像仍然和大家上課一樣。就這樣，她慢慢走出了失眠憂鬱的痛苦。

在國文課沉沉睡去

雅玲的家境不是很好，只能半工半讀的求學；家裡也希望她能習得一技之長，以後能找份好工作。所以，她高中時讀的是一所私立的夜間部高職，主修會計。

高職的國文老師說話聲音沙啞、語調低沉；每當雅玲打完工趕到學校，一上到他的國文課，老師才剛說「各位同學打開課本第……」話還沒說完，雅玲就已經進入夢鄉了。就這樣，雅玲睡了一學期，老師也從來沒有叫醒她。

下學期，這位國文老師接任班導師；一開學，班上要選拔同學代表學校參加全市的演講比賽，老師指定雅玲參加。她嚇壞了，驚慌的說：「我國語說得不標準，作文也不好，要怎麼參加比賽呢？」老師笑咪咪的對她說沒關係，要她下課後到辦公室。老師從國文課本開始，一句句的教她如何朗讀、如何演講，包括演講時的語氣技巧、講稿的寫法、以及如何上臺還有姿勢等細節都一一指導。

在老師的殷殷教導下，雅玲的國文有了長足的進步！比賽成績公布了，她獲得了全市高中職演講比賽第三名！雅玲說：「這次比賽是我生命中的一大轉機。我本來只是一個高職生，只想靠一技之長養家餬口；但是，這位國文老師改變了我，讓我找到了生命的目標。」

雅玲後來考上了大學的國文系，畢業後也順利成為高中國文老師。

心靈畫圈圈

如果熱忱在、關愛在，我們一定會看見學生沉睡的原因；當教室裡有人沉沉睡去時，一定有個故事等著你去閱讀。因為，我們都知道，學生愛睡覺不等於不愛學習、不愛聽課；也許，學生只是在等待著被發掘、被琢磨。只要肯細心去瞭解學生、關懷學生，愛睡覺的學生也是可以看見藍天的！你看見了他，就不會捨離他，而且還會讀到很特別的故事。

心靈打勾勾

教室是學習的地方；如果有人不小心在教室睡著了，那一定有段故事……讓我們一起來找出愛睡覺的故事吧！

一、大家愛睏了：說一說為什麼你在上課時睡著了？

二、家人睡著了：孩子準備功課，卻在書桌上趴睡；爸爸回家一坐上沙發就打瞌睡；媽媽常說她睡眠不足……請設身處地的關心她，想一想她為什麼想睡或睡著了？

三、閱讀《討厭黑夜的席奶奶》（遠流出版），說說為什麼席奶奶總在白天沉沉睡去？

一片葉子落下來

人死後會到哪裡去呢？

九二一地震時，玉麟的阿媽因為跑不快而受困在家裡，親人趕回來搭救，卻因此往生了；阿媽一直很自責，認為是自己害了他們。因此，從地震後她就不敢待在房子裡，常常拎個板凳呆坐在門口，深怕地震再來時，又要害家人來救她……

就在一個月後，嘉義發生六點四級地震，地面突然搖動起來，正坐在門口的阿媽嚇得站起來，張大了口，「啊」了半聲就往生了。

生命如四季，自然生生不息

一瞬間，生命就這樣莫名的逝去，在小朋友心中留下了深深的印記——生命何等脆弱啊！玉麟對生命產生了疑惑。他來到學校問我：人死後會到哪裡去呢？

我讀繪本《一片葉子落下來》給孩子們聽：

生命就像一片葉子，它經歷季節變化，在冬天受到冷風的吹襲，掉落在雪地而死亡；到了春天，它與雪水一起融入土中，反而變成孕育樹木的力量。而它也可以告訴我們生命的目的在哪裡，葉子生命的目的就是給人遮蔭，給小朋友們在樹下玩耍嬉戲。所以，生死是自然的事，我們不必害怕，生命會再重來的……

孩子們聽著聽著，不自禁的流下了眼淚……

我又告訴孩子們：面對不知道的事時，我們會害怕是很自然的；但是，我們可以學習這片葉子，體會給人遮蔭，體驗太陽、星星、月亮，體驗整個生命過程，它的生命就很足夠了。

聽到這裡，玉麟的眼眶裡溢滿了晶瑩的淚水，他點了點頭說：「嗯，老師我知道了。我的阿媽就像枯黃的葉子，而我就像是初生的嫩芽，我要好好的活下去！」

那一陣子我參與了大愛村每月舉辦一次的靜思讀書會。有一回，我們就以《一片葉子落下來》作為閱讀討論的課題。會後，一位媽媽走過來跟我說：「倪老師，謝謝您！我想，今天是我先生要我來聽您說故事的；我先生就是那一片葉子，在他人生最後的時候還能貢獻。我覺得，這就是他生命的目的。」

原來，她的丈夫在地震不久後因車禍往生；她心想，該幫先生做一點事，就替他捐了大體。雖是如此，其實心裡還是很捨不得；因為，這個決定不是她丈夫生前同意過的。但在聽完了「一片落葉」的故事以後，她心中的牽掛都放下了。她相信，那是對先生最好的安排。

心安了，生命就有了方向

在地震過後一個月，南投縣信義鄉東埔國小鄒校長邀請我到部落去演講，希望我能到山裡幫老師們安心。那一次的研習主題是「讓心活起來！」因為，大家經歷地震後，心情都非常沮喪，對生命更感到茫然。

「既然人都會死，那為什麼要來這一遭？」老師們提出這樣的疑問。

我跟大家分享：來到人世間，就是為了要來體驗生命啊！我們一起來這裡感覺春夏秋冬，感覺別人的善意，體會為孩子們付出的快樂！這就是我們來的原因。

會中，有許多老師被故事的情節感動得當場落淚。一位男老師散會時留下來，他握著我的手說：「倪老師，你可不可以給我一句好話來安我的心？」

他是一位年輕的老師，眼光中流露著不安和疑懼。他說，他不只是害怕地震；從畢業到現在，他就一直活在別人的眼光裡，常覺得自己什麼都做不好，生活好似沒有目的，心裡也一直不安。他覺得，自己的心都沒法安下來，又如何去安小朋友的心呢？

我送給他我最喜歡的一句好話：寧靜最美，心安最樂。

當我回到教室與班上的小朋友分享這一段故事，小朋友們紛紛告訴我：「老師，您可以告訴他：心中有愛就會人見人愛！」我後來持續與那位年輕老師通信，也把班上每一位小朋友寫給他的一句好話寄給他；那位老師深受感動，還特地下山來看我班上的小朋友們。

相信他的心是安了，從此也有了生命的方向。

心靈畫圈圈

愛，一直在，只是有時候會被遮蔽了；移動、疏通，他的光亮，自然引你看見。即使心停止跳動，鼻息也停止了；愛，也會成為養分，滋養他者生命。

心靈打勾勾

一、猜猜看我有多愛你：向你所愛的人說「我愛你」，並訴說你們之間讓你記憶深刻的故事。

二、愛的抱抱：跟你身邊的人面對面，伸出雙臂，大大的擁抱三十秒，並說出感謝的話。

一杯咖啡的啟示

漢凱從小就是個完美主義者，很會讀書、考試，更會討好老師，他的求學過程也一帆風順；直到他上研究所時遇到陳教授，一切才有了改變。

陳教授在第一堂課，便要研究生們先回家預習一個新單元，下週再一起分組討論。

漢凱一個晚上徹夜未眠，上google、上wiki、上yahoo找資料，整整準備了三份研究報告，想給老師最好的第一印象。他心想：「下個禮拜，我一定要讓老師和同學們大吃一驚！」

很快的，在第二堂課的討論時，漢凱滔滔不絕的和組員講解他對這個單元的看法和解析，同學們個個聽得目瞪口呆，大家瞪大眼睛問漢凱：「你怎麼這麼厲害？老師還沒上，你就已經懂這麼多了！」

漢凱沉浸在優越感的喜悅中。下課時，他喜孜孜的將書面報告呈給老師。沒想到，老師看完他一疊厚厚的研究報告後，沒有讚美他，只是淡淡的說：「漢凱，下課後來研究室一下。」

他不知道自己做錯了什麼；這麼努力的做報告，為什麼只有他沒得到老師的讚美呢？他看到有的同學根本沒有準備、也沒預習，報告亂做一通，全班只有他的報告做得這麼好；結果，老師不但沒有讚美，還以令人費解的眼神叫他到辦公室。

到底是怎麼一回事？下課後，他忐忑不安的走進老師的研究室，陳教授笑咪咪的對他說：「漢凱，來這兒坐一下。請你放輕鬆，先來喝一杯咖啡吧！」

老師轉身慢慢的煮咖啡。咖啡煮好了，濃郁的香氣瀰漫在整個房間；漢凱想著，如此美味的咖啡是怎麼沖泡出來的呢？老師這時說了：「漢凱啊！做學問就像煮咖啡一樣，要慢慢的磨豆子、煮熱水、虹吸，一步一步的慢慢來，如此才能醞釀出一杯香醇的咖啡。」喝完咖啡，老師便請他回教室上課。

一路上，他腦筋一片空白；靜下心來反覆思考後，才明白老師的深意。

原來，自己向來總是為了迎合別人、企盼別人對自己的好評，而忘了自己才是自身生命的主體。

這是在與一群優秀的研究生替代役的分享課程中，漢凱真情分享的故事，觸動了我們心底的靈魂。那節課之後，好多個離島服役的缺，大家爭相前往。希望這分生命的熱情，能因此擴散開來。

心靈畫圈圈

放輕鬆、自由自在的當下學習，比拚命去做報告、考試拿滿分、或是努力討好老師更重要！人生不應只有課業的競爭，還有許多比課業更重要的東西可以去體會與實踐！ 汲汲於競爭與比較，反而會無視身邊許多寶貴的風景。

心靈打勾勾

一、泡茶：準備一只可以泡熱茶的茶壺或茶杯、幾片茶葉、熱開水，自己好好沖一杯茶，慢慢品嘗。

二、喝茶：自己一步、一步的親手泡，品茶就成為一種美好；隨手開飲罐裝茶品，會讓我們習慣於快速解渴，卻不在意品茗的真滋味。動手泡茶，找回生命的初衷吧！

不放棄孩子

我很喜歡參與社區的親子成長教室，因為常可以聽到許多沒有上班的媽媽們說起她們可愛的故事。

美秀媽媽勇敢的分享了她的故事。

她從小就是一個很叛逆的孩子，喜歡跟父母唱反調，在學校頂撞老師；老師如果處罰她，下課後她又會去跟同學打架，可說是班上的大姐大。

四年級時換了班導，是一位美麗又溫柔的林老師。林老師上課時說話都是輕聲細語的，同學們都很喜歡她，美秀也喜歡老師；但是，美秀的惡形惡狀依舊如故，天天打架、不寫功課。林老師常摸摸她的頭，好言好語的勸告她。

到了四年級下學期要結束時，老師說：「大家接著要升上五年級了，學校也希望老師繼續當五年級的導師；但是，因為五年級要重新編班，所以大概只有幾位同學能在新班和老師相遇了。」此話一出，全班哭喊著：「老師！選我！選我到新班！選我到新班！」

美秀此時也舉起了手，但她又將手緩緩放下，心想：「老師怎麼可能會選我？我這麼壞、這麼不聽話。」

「但是，我好希望老師選我呵！」美秀在心裡大聲祈求著。

好不容易過完了暑假，開學的那一天，五年級的所有同學都興奮的站在走廊的布告欄前看著最新的編班名單，只有美秀忐忑不安的站在人群後面。她心想：「我會被編在哪一班呢？不知道新的老師會是哪一位？會像林老師一樣溫柔和藹嗎？」

一班接著一班，她找遍了每一班的名單都找不到自己的名字。最後，赫然在最後一班、也就是林老師班上的名單中看到了自己的名字，她頓時淚流滿面……

「好感恩林老師，老師沒有放棄我！她沒有因為我的不好而放棄我！」

美秀歡喜的排隊，等待著林老師；看著老師笑咪咪的走過來，歡歡喜喜的領著大家到她的新班！

從那個時候起，美秀徹底的改變了！因為感念林老師沒有放棄一個人見人厭的壞孩子，她決心變成一個喜歡學習，人見人愛的好孩子。

美秀現在是個好媽媽，也當了讀經班的志工媽媽；她說，要把對林老師的這份感謝、這份愛散播到每個讀經班的孩子心中。

當美秀在所有家長面前談到這段往事時，忍不住淚水，嚎啕大哭起來。她一直說：「好感謝林老師！我終於知道，只要老師不要放棄孩子，在孩子心中會多麼感動與溫暖啊！」

然而，她卻不知道，一般學校編班是以電腦進行，老師們是不能自己挑選學生的。但是，這又何妨？希望她與林老師的這份美麗回憶能永遠陪伴著她……

心靈畫圈圈

不論在哪一個生命階段，支持與陪伴都是我們所需要的；即使處於荒島，若能有美好的記憶陪伴與支持，終將勇氣十足的離開荒島，划向生命的美好初衷。永不放棄，之於他人的陪伴、或是自我的支持，都是最不可「放棄」的勇氣。

心靈打勾勾

一、荒島漂流：湯姆漢克斯（Tom Hanks）主演的電影《浩劫重生》描述，主角因為空難而漂流到一座無人島；一顆被主角命名為「威爾斯」的排球，支持他度過荒島的日子。不妨想想：如果處在荒島，支持你「永不放棄」的會是哪一段美好記憶？

二、再一次閱讀與記憶海倫凱勒與老師蘇利文這對師生之間的美好故事。

點撥孩子展現才藝

有一次到偏遠的海邊小學去演講，年輕帥氣的家聲主任到車站來接我，他說話的聲音非常好聽。

從談話中得知主任是學聲樂的；一般來說，男生學聲樂的人很少，我好奇他的父母是如何培養他學聲樂的？因為，學音樂通常養成的時間較長，費用也很驚人。

我問：「您是哪裡人？」

「我是土生土長的在地人。」

「父母從事哪一行？」

主任說：「我的父母是農夫。」

我很訝異，居住在偏僻海邊的農夫怎麼能負擔這樣龐大的學習開銷，並且栽培出這麼傑出的孩子？

主任說，他能夠有今天，都要感謝他小學時的林悅月老師。林老師是他讀一年級時的導師，很會彈風琴；上音樂課時，老師喜歡一面彈風琴、一面教大家唱好聽的兒歌。

一年級的他很頑皮，常在下課時玩得筋疲力竭，回到教室就趴在桌上，像一條蟲似的。老師上課時，他不但沒有聽課，還一直想著下課要去哪邊玩、要玩些什麼。

有一次，老師上課上到一半時，突然叫他站起來唱剛剛才教的兒歌；他緊張的拿起音樂課本，把一首可愛的〈蝴蝶〉用「朗讀」的方式唱完。唱完之後，全班都哄堂大笑；但林老師沒有罵他，反而笑著叫他：「家聲，你來老師身邊。」

接著，老師叫班長出來唱；班長的悅耳歌聲隨著老師流暢的風琴伴奏，唱完了好聽的〈蝴蝶〉，全班報以熱烈掌聲。聽班長唱歌，他突然領悟到「原來，唱歌要這樣唱」。

班長回座後，老師對他說：「家聲，現在換你再唱一次給老師聽。」他知道該怎麼唱歌了，這次便用心的重唱一次。

唱完後，老師笑咪咪的對他說：「家聲，你唱得很好！唱歌就是要這樣唱！」

學校開母姊會時，老師又請他在講臺上唱歌給全班的爸爸媽媽聽，大家給了如雷掌聲。從那天起，他發覺唱歌原來是這麼令人快樂的事。

「今天我能走上學音樂的路，就是因為林老師告訴我唱歌的訣竅，又給了我展現自我的機會。」

我笑著問他說：「你現在還跟林老師聯絡嗎？」

他說：「當然！從小到大，林老師一直是我的良師益友；他免費教我唱歌、學琴，一路上栽培我、幫助我。在推甄師院的音樂系時，陪考的林老師比我還緊張。在師院畢業當完兵之後，我選擇為我的家鄉服務，希望能將喜歡音樂的種子繼續散播在我的家鄉。」

「這一生，我好感謝林老師。」

心靈畫圈圈

遇見讓生命美好的人，是人生最大的福報；而這讓我們生命美好的人，正是最偉大的園丁。在他播種之後，用心滋養，於是成就了美好的生命；被成就的我們在長成一棵大樹後，我們傳遞美好，同樣用心滋養美好。將美好傳遞下去，正是生命養成的最大意義。

心靈打勾勾

一、記憶中，你最想念的人是誰？寫下這段美好的故事吧！

二、尋找讓你生命美好的貴人，向他們說聲感謝。

「話」解傷痛

別人輕輕的一句話，卻重重壓在心頭，讓她無比痛苦；但是，一句好話讓她深思並下定決心——要超越別人淺薄的信口之言，並找回因一句話而迷失的自己……

每週三晚上，我在慈濟大學社會教育推廣中心為社區學員上心靈成長課程。我的學生中，有七、八十歲的老人家，也有陪著媽媽來的可愛六歲孩童；偌大的教室裡，彷彿是一個溫馨、幸福的大家族。這門課的內容，是閱讀《靜思語》及分享彼此的生命故事。當我們一起在靜、思、聆聽和分享的當下，彷彿看到一幕幕生命故事的生動影像；更重要的是，在當下學會用「心」感受彼此遼闊的心靈世界。

在主題為「難忘的一句話」的課程中，在幼稚園任教的琴，第一個勇敢的走向臺前拿起麥克風，分享她從《靜思語》的「善解、包容——行忍辱的人，就是一個最堅強的人，任何事與人都擊不倒他。」這句話中所感受的巨大力量。

琴顫抖著說：「有一句話壓在我心中好久了，它讓我十分痛苦。」說著說著，她忍不住哭了起來。

原來，從新學期開始，琴被安排在校門口擔任導護老師；她總是謹守本分，與往來的家長和孩子們笑咪咪的寒暄。有一天，一位家長開著高級轎車送孩子來上學，看見一直站在校門口的琴，拋出一句玩笑話：「張老師，我看你每天上、下課都站在這裡，真像我家養的那條狗——哈利耶！」

此話一出，琴的笑容馬上就凍結了。

「你好像是我家養的那條狗！」這句話一直縈繞心頭，令琴痛苦不已。她甚至想：「若不是為了一家人的生計，何苦要站在這裡為五斗米折腰？」一想到這裡，她忍不住埋怨起賺錢不夠多的老公……

此時，琴緩緩吸了一口氣，慢慢的說：「剛剛在冥想的時段中，那一幕又再度湧上心頭；透過靜思與反省，我試著靜靜聆聽自己內在的聲音。我想，我要超越那句淺薄的信口之言，找回動搖、迷失的自己，還要以更虔誠的『一念心』，用心的站在校門口禮敬每一位來來往往的『未來佛』！」

善哉斯言！我們含著淚給了琴如雷掌聲。

在回家途中，回味了琴那坦誠謙虛的心；這一夜，也讓我們彼此在刺骨寒風中看到了無限光明！

心靈畫圈圈

好話力量大；如果期待世界的真善美，就讓自己成為用心說好話的撒種人。

心念決定心靈世界的廣度；狹小的空間，容易使人以為天空是不明朗的。你願意往前走、往高處走，視野會逐漸明朗；你也將明白，世界在自己的眼界中；你想世界有多大，世界就會那麼大。

心靈打勾勾

一、請在同一角度的場景中，變化不同的高度站立觀看，並記錄你所觀看的不同景致與天空的樣子。

二、請在黑夜中走一段路，觀看四周風景——你看見了什麼？在白晝時再走同一段路，風景又是什麼樣貌？

三、同樣的景色事物，會隨著不同的條件變化而呈現多樣性。如果心念堅定，每一種景致都是大智慧的學習呵！

用愛把恐懼變不見

九二一地震後，我寄居在四丙的教室裡。

班上最頑皮的小丞發現了我的落腳處，除了廣為通知同學外，每天清晨六點，便騎著單車來到學校探視。他手捧一碗排了很久的隊伍才領到的熱粥，輕輕放在教室門前的窗臺上，還從遠遠的辦公室前，看我開門了沒？吃了沒？

每天早上，我和我的孩子以感動與感恩的心，分享了這碗充滿愛的早餐……

地震過後一陣子，媽媽從臺北來電；她說，在電視上看到我和學生復課的情形令她安心多了。接著她告訴我：「妳和學生怎麼笑得那麼大聲？別忘了妳現在在災區，怎麼能這樣笑呢？」

我回憶起那天的情景——

劫後的第一天上課，大家好高興！因為，全班三十五個孩子都回來了，大家七嘴八舌的談論地震來襲時的情景。輕讀孩子們的眼睛，發現他們仍有餘悸與恐慌；我鼓勵他們大聲說出來分享，內容多是驚心動魄的歷程，比如親眼看見大樓在面前倒下……

愛逗笑的小丞說，他被震得彈跳起來，從床上晃到地下，仍繼續睡到天亮！誇張的表情，逗得全班哄堂大笑！笑開了，恐懼好像就不見了。他繼續告訴我們，他在地震中學會了珍惜——珍惜生命、珍惜資源，尤其是水的可貴。他說：「現在的一桶水，我爸幫我媽洗，我媽幫我洗，我又幫我爸洗；一家人用一桶水，洗得好快樂、好舒服啊！」又是一陣大笑！

在笑聲中，大家把心中想說的話寫下來，將想畫的景象畫下來。

佳樺在畫中告訴我們：「在地震中，仍然要有一顆安定的心。」她說，地震發生的那一刻，心裡覺得好可怕；這時，她想到了老師教過的好話：「吸入心寧靜，呼出口微笑；安住於現在，此刻多美妙！」反覆念著這段話後，心就慢慢靜下來，不再那麼怕了！

小君說，這些日子來，她天天唱著「心願」——

我有一個小小的心願
我願常常笑容滿面
口說好話
心中想好念
手做好事
結善緣

我願人人健康平安
相親相愛
家庭溫暖
我願人人心手相連
社會祥和
天下無災難
……

她還教帳棚區的小朋友比手語，好多小朋友的爸爸、媽媽也跟著一起學，大家都變成一家人了！

在孩子們的純真話語中，我看到了愛與希望；有愛有希望，恐懼不復存在，怎能不笑開懷呢！

心靈畫圈圈

愛，是面對困境時最大的勇氣來源。面對孩子，若能同時擁抱愛與希望，便能克服恐懼，看見美好的未來，讓人堅定的向前走。這樣想來，怎麼會讓愁眉苦臉出現呢？

心靈打勾勾

一、許願：每天澆灌植物時，對著花花草草許一個美好的願望；每天看著植物一點一滴的成長，美好就一點一滴的靠近。

二、讓愛傳出去：讓孩子給予困境中的孩子愛，可以寫一篇文章或卡片，或是為他們種一棵許願植物，學習關愛這個世界。

卷二

創意魔法教室

有人說：

教育，就像是辦一所快樂的學習天堂——

喜歡畫畫的，我們就給他一支彩筆；

喜歡飛翔的，我們就給他一雙翅膀；

喜歡自然的，我們就給他一座森林；

喜歡想像的，我們就給他一片蔚藍的天空……

教書十多年後，我才真正體會到——

有快樂的老師，才有快樂的學生！

我決定徹底改變自己！

序曲

快快開學吧！

假期值日，我一個人巡視著校園；一片靜謐中，好似感覺到孩子們的笑聲一陣陣傳來。晨間的陽光灑落在教室；我打開門，光中的微塵化成許多彩色的笑臉。我揀了個小椅子坐下來，靜靜想念著我的孩子們——

真感念孩子們啊！天天都來學校，讓我能看見他們，能夠說好多話給我聽，能讓我幫他們剪剪小小的指甲……

剪指甲時，孩子說著爸爸帶他去臺北青年公園玩，樹上有松鼠，松鼠會爬下來向她要水果吃的趣事……做錯事的孩子也會在剪指甲時，一五一十的把「不小心」拿了人家東西的祕密告訴我，然後和我約法三章打勾勾，從此改過。

下課時，他們會來抱一下我的胖腰，拿一塊抹布在我的桌上抹來抹去，邀我和他們一起赤足在教室裡。上完主任的音樂課，他們也會改編歌詞，圍在我身邊輕唱著：「一個圈，兩個圈，吐出泡泡一圈圈；游過來，游過去，小小二丙好得意……」「嘿！你們得意什麼啊！」「我們和老師媽媽您是一家人嘛！」

是嘛！一家人，現在這一家的人都到哪兒去了？

快快開學吧！

與孩子同遊禪境

開學了！依照往例，大家要先為孩子做一段收心操；於是，一大早開始了冗長的訓話，校長、訓導主任、訓育組長、生活輔導組長、總導護老師……一個個輪番上陣。

大太陽下，孩子們愁眉苦臉的被「收心」；但是，似乎「心」不會因為這樣就被安頓好！

好不容易進了教室，我們靜坐一會兒；在靜默中，我說了一段禪的故事和孩子們分享。

從前有一位禪師，他臨終時有許多弟子圍繞在他身邊，聆聽他最後的教導。但是，禪師只是躺下來，安詳的微笑，一句話都沒說。有人心急的問：「您即將辭世，有沒有最後的遺言呢？」

禪師回答：「聽著……」那時，在屋頂上正好有兩隻松鼠跑來跑去，並且吱吱叫著。他說：「多麼美啊！」然後就圓寂了……

當他說「聽著」的時候，有一段片刻是完全的寧靜。

我說完了故事，班上的氣氛也變得好靜、好美，所有的「心」也全部被收回來了。我問孩子：「這位禪師到底說了什麼遺言呢？」

開駿回答說：「他說的是自然，一切都要順乎自然；生死是自然，松鼠玩耍也是自然啊！」

崇偉接著說：「心中有美，死也不必怕啊！」

我常覺得，天底下最美的人莫過於兒童；生活裡，我也常「以童為師」。他們的不造作、純潔可愛，常讓人生起好似置身花雨中的感動。

心靈畫圈圈

能和孩子一起相視微笑、開懷大笑，實在是一種享受。當你在笑時，會處於很深的靜心狀態；此時，思想、煩惱全消失，到達「無念」的禪境，這真是絕美妙境啊！

心靈打勾勾

坐下來以孩子的高度與孩子交談－－

一、看到了孩子純真的眼神，直接反應的是「孩子，我欣賞你！」

二、跟他們說說話、聊聊天，容易產生親密的心。孩子會感覺您是一位充滿智慧的父母與師長。

唱出感恩的心

身為老師是需要永遠學習和反省的。

那一年，我第一次教一年級，很緊張、也很惶恐；但是，我想到一句好話：「歡歡喜喜也是一天，煩煩惱惱也是一天！」我就「勇於承擔，樂於配合」了。

開學前一天，我拿到了新生資料，先翻閱後，就透過電話，告訴每一個小朋友的家長，他的孩子是編在那個班級，並祝福他的孩子。因為，根據以往的經驗，開學當天，許多新生的家長都會擠在教室門口尋找孩子的名字；孩子好緊張，爸爸、媽媽好辛苦。

我想到證嚴法師的期勉：要用父母的愛心對待學生；「做，就對了！」於是，我堅持打完三十二通電話才去睡覺。

沒想到，開學日當天，教室裡裡外外還是擠滿了阿公、阿媽、爸爸、媽媽；第一天上學的小朋友們，也在位子上吱吱喳喳的講個不停。我從來沒有這樣被包圍的經驗，緊張極了！

我滿頭大汗的說出開場白：「親愛的小朋友大家早安！今天第一天上學，大家都不認識，我們來自我介紹好嗎？」

當我把麥克風交給小朋友時，接到的小朋友就大哭起來：「我不會！我不要讀這一班，我要回家！」

其他的小朋友也跟著哭，教室裡鬧哄哄的，怎麼辦呢？

這時，我想起參加慈濟教師研習會時學到的一首歌——〈我愛爸媽〉。我大聲的對小朋友說：「不要自我介紹了，來唱歌吧！」

我有一個好爸爸，也有一個好媽媽；他們養我育我，恩情真偉大。

我愛我的好爸爸，也愛我的好媽媽；我要用功讀書，永遠敬愛他。

當我們一遍又一遍的唱著歌時，小朋友的心很自然的安定下來，爸爸、媽媽、阿公、阿媽自動退到窗戶外，看著可愛的孩子們用心比著手語；聽著孩子們天真哼唱著〈我愛爸媽〉，他們也真情流露的跟著比手語，眼睛還泛著淚光。我想，他們心裡一定很驕傲自己孩子的成長吧！

第二天開始，就沒有家長來看我上課嘍！

從此，〈我愛爸媽〉就成為我們的班歌；每天上課之前先唱一次班歌，唱完歌後全班默禱，心中想著對父母祝福與感恩，默禱完後我鼓勵孩子們說出他們想對父母說的話。我們就這樣唱著、比著手語，孩子們的心變得很柔軟，也懂得感恩，懂得愛……

有一次，大愛電視臺來教室拍「春風化雨」專輯，班上的小婷分享了她的心情故事……

害羞的小婷告訴我們：「爸爸最近常很晚回家，他說他很忙，晚上有應酬；媽媽等爸爸等很久、很生氣，就跟爸爸吵架。他們倆越吵越大聲，吵到要離婚。我害怕極了，躲在一旁，不知如何是好。就在此時，我想起了班歌，就開始一句一句的唱著、一遍一遍的唱著……」

「當媽媽終於聽懂歌詞時，忍不住放聲大哭，衝進房間去了！剩下留在客廳裡的爸爸，我繼續唱著……後來，他也聽懂了，氣也消了，就說：『不要唱了！』第二天早上，爸爸媽媽一起在廚房準備早餐，他們和好了……」

聽完小婷的真情告白，大夥兒沉浸在感動的靜默中，每個人的心像是被溫暖的擁抱著……

我愛爸媽

5 5 5 3 1 1 1 | 2 2 2 7 5 5 5 |

我有一個好爸爸　也有一個好媽媽

5 5 1 3 5 3 | 6 5 32 1 2 — |

他們養我育我　恩情真偉大

5 5 5 3 1 1 1 | 2 2 2 7 5 5 5 |

我愛我的好爸爸　也愛我的好媽媽

5 5 1 3 5 3 | 2 1 3 2 1 — |

我要用功讀書　永遠敬愛他

心靈畫圈圈

音樂是情感與記憶的收納箱，足以激發一股力量，激勵人心。當旋律響起，浮動的心很容易被音符收服；在幾轉旋律之後，情意漸漸被觸動，心也開始沉浸於回憶，無論歡樂或悲傷都令人感動……這時，我們會靜靜體會歌詞，思緒便被安置在靜謐的情感中。

心靈打勾勾

歌曲力量大，讓我們一起用歌曲來打動大家的心吧！

一、我的歌：為自己找一首歌，當作自我介紹的名片。

二、唱出平靜來：如果有些懶散、有些不專心、有一點點疲累、或是要進行正事之前，唱幾首讚頌或是聽聽冥想的寧靜樂音吧！

動人的好話

有一次，我和幾位國中小學的校長一同參與一項研習活動，活動後大家一起搭飛機回臺北，在候機室裡和鄭石岩教授偶遇。大家聊著聊著，回憶起一起辦研習活動的種種趣事，剎時間彷佛重回年輕歲月，每個人眼神中流動著溫暖與喜悅。

登機的時刻到了，大夥兒仍意猶未盡，彼此互相交換著名片，並約定要常常保持聯繫；我沒有名片，就告訴鄭教授，自己很微小，只是個小鎮上的小學老師。鄭教授笑著，拿出他貼身的記事本，很慎重的請我留下電話住址；我不斷的喃喃說道：「我很微小，鄭教授，不必了！」

他深深的看了我一眼，笑著說：「倪老師，千萬不要這麼說，這樣說會對不起菩薩的！」

一句好話頓時點亮了心燈，照亮了情緒。

鄭石岩教授曾在〈覺察自己的情緒〉這篇文章裡面提到，好情緒的出現就像一株幼苗，你察覺到它，就要用它來做點有意義的事。

我恭敬的在鄭教授的記事本上簽下我的名字及聯絡電話；在此同時，我也在心中暗暗發願，要用對菩薩的心恭敬的看待我的學生。

有一年開學時，我請每個小朋友做一本「我的書」介紹自己，並且練習用做書剩餘的圖畫紙做名片發給同學。我告訴每個小朋友，可以用最有創意的方式，用畫、用寫、用照片來呈現自己的特色、專長和喜好。小朋友做得好開心！可以做一張像大人一樣的名片，每個人都絞盡腦汁……

正當大夥兒熱烈的製作名片時，這學期才剛轉來的小強突然趴在桌上大聲哭了起來！我快步走到他身邊問他怎麼了？他哭喪著臉，用很鄉土的臺灣國語對我說：「老ㄙㄨ，我沒有照片！我要怎麼辦？」

「什麼照片都可以呀！小時候的嬰兒照片也可以呀！」我回答說。

「老ㄙㄨ，我真的沒有！大地震後我家倒了，爸媽都不在了！我現在住外婆家，外婆說沒有照片！老ㄙㄨ！我真的一張照片都沒有……」小強一邊低泣、一邊說著。

「對不起，小強，讓你為難了！」我牽起他的手，從抽屜裡拿出照相機告訴他：「別哭！沒關係，老師有相機，馬上幫你拍一張！」

他破涕為笑，尷尬又害羞的站在班級牌下，舉起雙手比了個勝利的V字手勢！

從那天起，小強變成我最死忠、最貼心的學生。他是我們班的「最後長」——每天最後一個離開教室的人！他常常自動自發的把教室重掃一次，把每一個窗戶都關好，才笑咪咪的跟我說：「謝謝老ㄙㄨ，老ㄙㄨ再見！」

有一天，他上完體育課後突然全身紅腫，我請外婆接他回去看醫生。放學時，沒有「最後長」，我自己一個一個的將窗戶慢慢關上，才體會到小強的辛苦！

正當我要關門時，聽到窗外有人喊著：「老ㄙㄨ！您還有一個窗戶沒關好ㄋㄟ！」

原來是小強！他惦記著他是「最後長」，也不放心我這個常搞烏龍的老師，竟然在看完醫生後跑回學校察看窗戶有沒有關好。我仔細再看一次——真的有一個窗戶沒關好！

每當夜闌人靜時，看著窗外，我常想起小強，依稀聽到他那稚嫩的聲音喊著：「老ㄙㄨ，您還有一個窗戶沒有關好！」

心靈畫圈圈

當自己有飽滿的能量時，也能帶給別人力量；而好話是最動人的鼓勵，續航力無限。說好話能給人正向能量與勇氣，重新面對自己的弱點，更新自己達到最佳狀態。我們開始每日一好話，為自己的心靈加滿油吧！

心靈打勾勾

「喊口令，學好話」——

一、將每天抄在聯絡簿或教過的好話，當作是進門口令。比方說：「老師早，小朋友早，輕聲細語。」說不出口令的人就是「外星人」，他必須等下一位同學帶他一起進來。

二、將好話帶回家，成為進家門的通關密語。

三、將好話記下來，編成個人嘉言錄或是座右銘。

寫字模仿秀

證嚴法師最常說的一句好話是「多用心！」

我也最愛這句話，常用「多用心」叮嚀孩子們。但是，一年級的孩子不知道如何做才是多用心；於是，我就設計「寫字用心模仿秀」和孩子們玩。我告訴小朋友，我們要模仿的不是模仿周杰倫、五月天這些偶像，而是模仿課本上的標準字體，看誰寫的最像。

寫字課時，我把「頭要正，背要直，心要靜」寫在黑板上，然後講「沒有聲音的運動會」這個故事給小朋友聽：「老鼠一家人，為了給老鼠爺爺辦一個喜出望外的生日派對，舉辦了一個沒有聲音的運動會……」

這時，我看到孩子們清澈的雙眸眨啊眨的、快樂的笑著，就建議他們也來玩「沒有聲音的寫字課」，竟然得到了他們的熱烈響應。從此，寫字課就成了「靜默課」。

靜心下寫的字又美又好。用心寫完後，我在本子貼上空白貼紙，由全班同學輪流當評審；覺得好的本子，便在空白貼紙上畫記號，一個□是五分、二個□□得十分、○是一分。最後由他們自己看誰的分數最多。

如此一來，不但能把字練好，還學會了數數，也做到了用心，真是一舉三得。

最後，每一位小朋友都可以拿著本子來老師面前接受鼓勵。我一邊發著糖、一邊說好話：「祝福你更好！」孩子們很高興，字寫得更好了！

「好字在手，終身受用無窮。」模仿秀的實行，孩子們的錯字少了！字寫得又美又好，心也學著安靜了。一舉數得，何樂而不為呢？

心靈畫圈圈

「手作」傳遞特製的心意。每個人以手寫出來的字都不一樣，就如每一塊不會一模一樣的手工餅乾。手是心靈的傳輸線；用手作，正是多用心。

心靈打勾勾

一、寫家書：用手傳心，寫一封信寄給父母親，感恩他們並和他們談心。

二、回信：請父母親手寫回信，郵遞寄出。你收到父母回信時有何感受呢？

三、送上祝福：寄一張手寫明信片或是卡片給好久不見的朋友吧！

愛心存款簿

我常和學生相視微笑，在我們一起做早操扭扭跳跳、一起擦地時；即使在他們偶爾吵鬧失控時，我也儘量以微笑、輕語、擁抱代替懲罰。

每天早上，我們進教室的口令是：「吸入心寧靜，呼出口微笑；安住於現在，此刻多美妙！」

安靜坐好後，我們常玩「用耳朵看」的遊戲，學習靜聽大自然的輕聲細語。天氣好時，我們可以靜靜的在校園內散步、朗讀課文，或者矇著眼玩「我的樹」遊戲。

慢慢的，他們學會了能靜默、能專心的工夫，心也變得很柔軟，有著無限創意。

上社會課時，我們學習填寫存款單的方法，我笑著問他們：「有沒有屬於自己的存款簿呢？」

大部分的孩子都笑說沒有，或者是：「像櫻桃小丸子一樣被媽媽保管了。」

也難怪，他們今年才八歲啊！

「老師想送一本存款簿給你們好不好？」

「真的嗎？」

我發下了「愛心存款簿」，讓每一個孩子學習記錄每天用他的口、他的手、他的身體做了哪些好事，把每一項好事都登錄下來。

小朋友好喜歡，各式各樣的好心好意也陸續出籠——

我用心的輕輕關門。

早上笑咪咪的跟校長打招呼。

對啟智班的哥哥說了一句好話。

吃自助餐時幫一位老伯伯拿碗。

替樹爺爺澆了一桶水。

……

原來，每一顆自由的心都可以發揮無限的創意！每天替他們的愛心存款簿蓋上笑臉獎章，是我心靈喜樂的時光；我從中看見了孩子的純淨清美，歡喜的以童為師！

心靈畫圈圈

「愛心存款簿」鼓勵孩子做好事、說好話、存好心，久了就變成習慣，習慣形成個性，個性形成命運，一生受用不盡啊！

心靈打勾勾

一、愛心悠遊卡：儲值愛心後，用愛打通關。

二、「好事多」貼紙：設計集點卡，看見朋友做好事時，熱情贈送自製的「好事多」貼紙！集滿集點卡時，可兌換你愛的抱抱。

心的留白

學校裡的鳳凰木開花了，從點點星星綻放成一大片金紅，好燦爛、好美麗。

我常帶著孩子們在樹下散步、靜坐、做操；一片片花瓣輕靈自在、隨風飄落在我們的身上，柔美而雅緻。

在樹下的這段時光，我們領悟到大自然不言而喻的教化。鳳凰木不會說話，但是它自滿自足、用心的開著花；不必招呼，我們全都自然而然的投向它的懷抱，仰望著它，從內心歡喜的讚歎著它。

人，也是可以如此的；好好的學習，心靈的美好品質，也會自然而然的流露。我輕輕的說著，孩子們清澈的雙眸眨啊眨的……

孩子們的神往使我想起了最近聽蔣勳教授暢談「悠閒的美感」，他說：「一天當中，找半個小時的時間讓心情沉靜下來，可以讓很多美的事物進到生活裡……」

因此，我試著開始在課程中留一些「空白」時光給學生。每天早晨到了學校，先讓孩子們在圖書架裡選一本好書放在抽屜裡；在上課時間，誰先寫完作業，就可看自己想看的書，或是做一下白日夢，讓心靈解脫一下。

有時，課上了一個段落，下課時間還沒到，我們就靜靜的下樓，一起看花去。學校裡的黑板樹、桃花心木、火燄木、刺梅……我們一一認識了；有時還遠征去文化中心看展覽、表演，或是到校旁的小廟看門神；日子過得好悠閒，心靈好愉快。學業成績沒因此降低，反而讓「上學」變成一件最快樂的事。

班上的愷芹前幾天為我們寫了一首詩〈我們這一班的回憶〉：

我們這一班，聰明又乖巧，
寫字寫得好，畫圖畫得妙；
快樂歡喜學，風度氣質佳。
我們這一班，人才真不少：
珮孜頭腦好又好，德純思想妙又妙，
麒齡打球呱呱叫，奕安精明又靈巧，
奕翔細心又努力，開駿故事說得好，
愉雰誠實肯上進，士偉最愛哈哈笑，
思霈認真又負責，安辰自然想得通，
英傑品德沒話說，文婷朋友多又多。

大家一起勤努力，將來回憶忘不了。

（刊於《國語日報》）

世界很小，無限遼闊的是心；讓偶爾的「空白」帶領孩子的心飛揚吧！

在留白的靜默中，我最喜歡讀他們的眼睛；有時我們雖然彼此默默無言，但我知道有一股暖流在我們心底汩汩的流動著！在孩子們純淨的眼底，我也看到未來教育的願景，是幸福、是快樂！

心靈畫圈圈

空間若是都被填滿，即使美好的東西就在眼前，你也絲毫不為所動，因為再也容不進一丁點東西；而且，空間的壓迫感讓人十分疲累呀！清理一下，別害怕遺漏了什麼，從容不迫的觀看與學習；如此一來，許多的笑容與美好都能一一欣賞了。留白，是想像力的培養啊！

心靈打勾勾

一、看圖說故事：在一張圖畫紙上畫上一點或是黏上一朵小花、樹葉……讓孩子們乘著想像力的翅膀，天馬行空吧！

二、發呆，讓自己放空吧！

靜思與專注

就讀師大時和名書法家杜忠誥先生同班；他每天用心練字，立志成為書法家。他常說，心靜則字好；他的用心專注深深影響了我的教學。

剛畢業時，我在山上教書。山中的孩子不習慣午睡，我就和孩子一起練字。我先讓學生不經過靜心就開始練字，使學生瞭解靜心對書道的重要；或者讓學生在一小時裡寫五十個字，和一小時寫兩字來做比較，使孩子們瞭解專注的重要。一直到孩子們慢慢體會到「靜心」與「專注」的重要時，他們才可以正確瞭解到「空」並不是一無所有；我們寫的是「書」，而介於字與字間的空才是「道」。

那一段山居歲月，讓我體會到「靜」、「思」的美好。

我想，孩子們要先能「靜」下來，才能「思」考；這時，再給他一句句的好話和好的故事。這樣慢慢的引導，日積月累，這種美好、愉快的學習經驗，就能漸漸儲存在他的心靈寶盆中；而這些美好的經驗，在他未來的生活裡就有機會用到。

我很喜歡學佛行儀中的「四威儀」，常在接新班時，就以「行如風、立如松、坐如鐘」作為口令，讓孩子們共同學習「靜」與「思」；尤其「立如松」，運用在升旗、排隊時很有效用。簡單的一句話，比許多訓詞都有效用。班長只要說「立如松」，孩子們就會如學校的松樹般站得好正、好直；上課鈴響後，就聞鈴靜坐，像一座鐘一樣的安靜坐好。

在聞鈴靜坐後，我讓孩子們學習「聽」。

我們先聽教室內吵雜的聲音；「好聽嗎？」

「不好聽！」

「老師罵人的聲音好聽嗎？」

「不好聽！」

在聆聽嘈雜後，我們接著學習安靜下來，靜聽大地的聲音。我會隨機問他們：「雨聲好聽嗎？」

「雨點叮咚，好聽。」

「風聲好聽嗎？」

「風吹樹葉，沙沙的響，好聽。」

之後，我們開始玩「眼睛聽、耳朵看」的遊戲。大家閉上了眼，輪流的發音，用耳朵「看」——「看」到了涵文在唱歌，「看」到了雅涵在朗讀，當然還有孟科的奸笑聲……種種聲音都被大夥兒一下子就猜中了！

慢慢的，日積月累的，感受靜聽的美，讓孩子們有了這樣的作品：

「微風在心中，蓋了房子，住了下來，不冷也不熱，好舒服！」

「我感覺到大地的生機，心裡有一股美好的氣味，升了上來。」

「四周好安靜，心靈好安定，心情好乾淨！」

能安靜後，接著玩「和心靈打電話」（心的morning call）遊戲。

他們每天要輪流問：「心裡的天使今天要告訴我們什麼？」

他們會說：「做個好學生」、「要安靜」、「要能原諒別人」等。

愛計較、愛生氣的小蔓，說了這樣的一段好話：「老師，天使叫我要做好孩子，我就學著做好孩子；做好孩子真好呀！我做夢都不再夢到魔鬼來捉我了！我夢見自己能飛了！在空中飛好舒服呵！」

坐在她隔壁的富毅就說了：「妳已經變成天使了，當然快樂了！」

有時候，聽了他們的妙語就想到「教學相長」，孩子們也是我生活上最好的老師啊！

心靈畫圈圈

靜思與專注的練習，讓人可以好好看見自己，好好和自己對話。當自己的心安頓下來，一如沉靜的湖水，倒影清晰可見。心靜了，美好就被映照出來了。

心靈打勾勾

一、聲音電影院：聆聽附近的聲音，串聯成聲音列車，說一個關於聲音的快樂故事。

二、快樂魔法棒：天使好話魔法棒，打倒壞習慣魔鬼，看見自己的美好。

15的Morning Call

火爆小丸子的軟弱

由於開學前與家長一通電話的溝通與談心，我知道了班上「火爆小丸子」——小雨——那段悲傷的童年往事。

因為父母不合，有了外遇的父親堅決想離婚，竟然在夜裡用布袋蓋住孩子，綁架了親生女兒，以女兒的生命來威脅媽媽答應離婚。雖然小雨後來平安回到母親身旁，這場鬧劇卻已傷透了孩子幼小的心靈；小雨不再相信任何人，只要稍不順心，便立刻以暴力、惡言對人。

開學第二天，班上有兩個男生因些微小事被她打得流鼻血，倒地不起。當我用悲傷的眼神望著小雨，她有了一絲羞慚，但仍有幾許不馴。「用父母的愛心善待學生」這句話即時湧上心頭，我決定收拾起我的大道理，把小雨擁入懷中，輕輕告訴她：「小雨，妳別怕！老師就在妳身邊，妳不要害怕了！」

在我懷中放聲大哭的小雨，情緒終於有了安心的出口。

在每天的「和心靈打電話（心的Morning Call）」時光中，大家靜心後，隨著音樂，一起坐著時光機，回到了小時候……在寧靜的片刻，我讀了一篇好文章給大家聽：

每次一被爸爸罵，心裡就想恨他。可是，想起小時候爸爸對我的愛，實在很想向他說聲：「對不起！爸爸！」

爸爸對我的愛有很多、很多。我最難忘的是在我四、五歲的時候，有一天，爸媽帶我去看魚，一不小心，我踩到了滑石，跌到水裡去了。水很髒，而我也「喝」了很多水。爸爸看到了，趕緊跳下水救我，然後趕緊將我送到醫院。爸爸一直在身邊陪著我，還逗我笑。

每一次恨爸爸時就會想起這件事，我的心會變得很柔軟，眼淚一滴滴的流下來，心中就有了一層感恩爸爸的心。

讀完文章，全班一片寧靜，大家的心似乎也柔軟了起來……小雨聽完也哭了，在她的心靈談話簿裡寫著：

我也想起，有一次，我從很高的地方跌下來，我的頭跌破了一個可以看到骨頭的大洞，爸爸和媽媽一直哭，又不顧生命的跑著，送我到醫院。醫生幫我把頭破的地方縫起來，我痛得哇哇大哭！每次很恨爸爸的時候，我就會躲在角落裡放聲大哭！現在我的心裡只有感恩，沒有恨了。

讀完她的好文章給大家聽後，我們倆相視一笑，什麼話也不再說。

第二天，小雨又在心靈談話簿裡寫下了：

天上最美是星星，人間最美是溫情。我的好媽媽，我的好老師，都是我一生中最愛的人！

苦瓜臉的笑容

有一陣子，我們一家人流行到各地看大樹。某個假日的早晨，看過了《臺灣賞樹情報》，我們這天要到后里看一棵千年的樟樹公——澤民。

我們先到月眉糖廠，買了各式各樣的冰品後，漫步過去，靜靜的端坐在澤民爺爺的懷抱中。大樹身上有著一個個小小的樹洞，樹洞彷彿是扇窗口，人生的風景突然就在眼前不斷化現，我好像更能專注的看見身旁每棵小樹如同每個孩子的喜怒哀樂……

在大樹下，我想起了班上韶如練習演講時的苦瓜臉，我掛念著。

可不是嘛！這些日子來，我帶著她一次又一次的練習，希望她在全市比賽中有好成績；然而，在我嚴厲的指導下，大概已經把她對演講的興趣消磨光了。

樹下的靜思使我覺醒。證嚴法師說：「教育是好好的給予與對待。」回到家，我趕緊打電話給韶如，除了向她道歉外，並祝福她努力練習後一定會有好的表現！我還和她分享今天看大樹的心得，電話的那頭傳來她輕柔的笑聲……

第二天到了學校，她學習的態度和以前迥然不同了，好認真、好用心！有時看到我矯正她字音的著急模樣，反而會給我一個諒解的微笑。

「打電話給孩子，和他談心」實行以來，改變了許多孩子偏差的行為，和孩子們的心也更貼近了！尤其是遇到令人頭疼的孩子，放學後的談心電話比課堂上的訓話有效多了！

心靈畫圈圈

打開心房說亮話，首先還是要有人先開心房；當我們如是思想時，就從自己先開始靠近吧！尤其在面對孩子時，我們總以高高在上的指導訓話之姿；於是，孩子只能仰望看著，即使他們蹬著腳也搆不著我們的心思。心的Morning Call，讓我們可以學習彎腰或是蹲下之姿，傾聽孩子，私下表達歉意或祝福；他們不必再奮力踮腳，因為我們已經靠向他們，準備聆聽……

心靈打勾勾

一、學習傾聽的姿勢：邀請一棵植物成為夥伴，記錄你和植物的傾聽與對話。

二、交換日記：悄悄話好好說。當你聆聽了和你交換日記的人的故事時，給他正向的回饋吧！

我們的祕密基地

一年級新生入學時，很多都是由父母牽著來到學校；在教室門口要跟爸媽說再見時，總是有人哭得好傷心，不願意進教室。

我在布置教室時，特意闢了一個角落，在那裡擺了一張沙發，放上一盆小花，還有抱枕和小書櫃。我告訴小朋友，這個獨立的角落就是我們班的祕密基地，也是我們的寧靜角落。

面對小朋友的分離焦慮，我總會輕輕抱他一下，然後牽著他的小手，來到班上的祕密基地，給他一本書，讓他在那裡安靜自在的待一會兒。

孩子進入新環境難免恐懼不安；允許他暫時離群，做自己想做的事，可以安定情緒，幫助他找到安撫自己的方法。待在「寧靜角落」的孩子，有時什麼也不做，只是靜靜的觀察其他小朋友；當他情緒漸漸平復，眼神透露出對班上正在進行的活動感到興趣時，老師就可以邀他一起參與，自然的回到團體中來。

這個方法很有效。開學後的一個月裡，小朋友往往一早來到教室，就自動去那個角落。在這裡，他不需要大人，只要與自己在一起；在那當下，他擁有自己、感受自己，得到滿足和獨立的勇氣。

我女兒一學會走路以後，就喜歡爬到桌子底下的小小空間，待在那兒好一陣子，怎麼叫都不出來。我想，這是不是意味著，當孩子有行動能力以後，就開始在尋找自己的個人空間？

有些爸媽老是把孩子每天的行程排得滿滿的；孩子從小接受別人的安排，沒有機會學習安排自己的生活，被安排的小朋友常覺得不快樂。也因為沒有和自己獨處的機會，以致好多孩子害怕孤獨、害怕獨處，一直吵鬧，靜不下來，老師也管得筋疲力竭。

班上的小維是個注意力不集中、嘴巴裡老是念念有詞、像猴子般的在教室裡跳來跳去、「動」個不停的孩子，我常給他一顆維他命C吸引他的注意；他常一邊咬著維他命C、一邊搖晃著身體，把老師規定的事做完。「動」是讓小維專心的方式。但小維這樣的孩子，也喜歡自己一個人坐在祕密基地裡，什麼事也不做，什麼玩具也不要，就靜靜的坐在那兒。

寧靜，可以讓人休息，讓人找回自己、找到再出發的力量；不管這個人多小，甚至只有五、六歲而已，都需要寧靜的時光。

好多我的學生長大後都很懷念「祕密基地」。在這小小的天地中，找到屬於自己獨享的空間，心情變得寧靜安詳，還可以神遊於浩瀚的書香世界，得到課內、外的豐富知識，也得到心靈的滿足與快樂。

心靈畫圈圈

每個人心目中最美的角落，會隨著各自的喜好而不同；不在於大小，而在於心靈的感受。祕密基地就算外表不起眼，卻是孩子心目中最美的小天地。

補充維他命C讓小朋友不容易感冒；以維他命C取代糖果，可以成為老師班級經營時的法寶之一。放學時，我常站在教室門口，等小朋友一一走出教室時給我一個愛的抱抱，我就在他們的嘴巴裡塞一顆維他命C；累了一天的小朋友含著甜蜜、快樂的回家去，明天又可以快樂的來上學。

心靈打勾勾

一、打造心靈的祕密基地：若要在教室的角落布置一個溫馨的區域，你想怎麼布置、你們的暗號是什麼？

二、還有什麼教學法寶，可以幫助小朋友學習又能強身？

對不起，都是我的錯！

我喜歡在每天早上的晨讀時光，朗讀一些蒐集來的好文章跟孩子們分享。其中有一篇是這樣寫的——

故事是發生在二次世界大戰時的日本。

有一位年輕的男孩和他的未婚妻總是約在車站旁的大樹下見面。男孩很忙，總是遲到，常常道歉說：「對不起，讓妳久等了！」

女孩總是笑著回答：「還好，我也沒到很久。」

這男孩從軍時，兩人相約：等戰爭結束後，仍然在大樹下見面。

沒想到，他這一去就是二十年。

原來，他中了彈，失去了記憶；等到他復原後，突然間想起了往事，急忙回到家鄉，一切早已人事全非。

他悲傷的站在大樹下發了一陣子呆，正想離去時，看到不遠處有一個賣香菸的攤販，他走上前去說：「買一包菸。」

蹲在地上整理東西的歐巴桑緩緩抬起頭來，目光交會的剎那，他不禁熱淚盈眶……

他輕輕的對她說：「都是我的錯，對不起，讓妳久等了。」

沒想到，她也照樣溫柔的回答：「還好，我也沒到很久。」

故事才說到這裡，班上一向頑皮的小偉，突然大聲的哭了起來。

那天，小偉在他的心靈談話簿上寫著：

上星期，老師說最近要到同學家裡作家庭訪問；我很不安，告訴媽媽：「真希望老師不要來！」媽媽深深的看了我一眼說：「孩子，媽媽說一個故事給你聽……」

從前，有個小女孩在夜裡發高燒，爸爸媽媽先給她吃一包退燒藥，天亮了再帶她去鎮上的小診所看醫生。但是，看了醫生，也吃了藥，她仍然一直沒退燒，爸媽心急如焚。

因為高燒還是不退，三天後帶她到大醫院求診，因為延誤了病情，醫生說：「太慢了，來不及了，她得的是小兒痲痺症！」

出院以後，小女孩的爸媽就常常吵架，兩個人互相指著對方罵：「都是你的錯！」有一天，小女孩的媽媽實在受不了了，離開了家，不再回來。

那一晚，小女孩的爸爸抱著她大哭，說：「都是我的錯、都是我的錯！孩子，對不起！」

故事說到這，媽媽早已淚流滿面！

我看著媽媽悲傷的一拐一拐的走向廚房，靠著牆，哽咽拭淚……媽媽剛剛說的原來是她自己的故事。

媽媽知道了我不想讓老師來家庭訪問的原因。

老師，都是我的錯！我不應該讓媽媽這樣難過的……

看著小偉的心靈日記，我的淚水不由自主的掉了下來。

下課時，我請小偉留下來，將筆記本還給他。我張開雙臂緊抱著他，小偉在我懷裡哭了，我輕拍著他的背；此時，我們的心靈相通。

「如果你覺得老師到家裡訪問不方便，打電話也可以的！」我輕聲的對他說。

他破涕為笑，說：「老師，沒關係的！我和媽媽會在家等您來！」

心靈畫圈圈

故事，是觸動心間的良方；被故事餵養的小孩，都是樂於分享的小天使；屬於孩子的純真與體貼，故事可以提供長效保溫，在他長成後依然有效。而喜歡聽故事的孩子，長大後會是善說故事的人，將故事的「祖傳祕方」交棒下去。

心靈打勾勾

一、對不起卡：做錯事了，我願意面對，並且勇於道歉。

二、沒關係卡：我願意寬大待人，原諒別人的犯錯。

餵銅像吃飯的孩子

一、二年級時的小哲，總是在朝會的時候，被老師拉著進到辦公室；坐在一旁的他，看起來就像個小大人。他在學校成天打架、鬧事，是全校皆知的小霸王；因為他過動，沒有一刻能靜得下來。

升上三年級重新編班，同事們都恭喜我抽到了籤王——小哲被編在我班上。

電影《阿凡達》中，納美人有一種溝通方式是用他們的辮子；我和孩子的溝通方式之一則是摸孩子的頭，發現他們不同的可愛。當我摸到小哲的圓頭時，發現他有一撮頭髮是金色的，像極了孫悟空。我笑著對他說：

「可愛的孫悟空！」他頑皮的對我眨眨眼……

在開學前的談心電話中，我邀請小哲的媽媽到班上來擔任「故事老師」。

我向小朋友正式介紹了「薛老師」，並請小哲擔任秩序股長，負責在媽媽講故事的時候維護秩序。我希望，小哲能靠自己的力量，勇敢的將別人給他的不好標籤撕掉！

我們大人常因為只看到孩子不好的行為就誤解孩子，之後往往造成無限懊悔。

曾聽過一個發人深省的故事——

有一位疲憊不堪的媽媽剛從賣場購物回家。當她拖著一大堆雜貨走進廚房，八歲的大兒子已經等著向她告狀：「媽！你不在時，弟弟拿了蠟筆在妳剛貼好新壁紙的牆壁上寫字！我已經告訴他：

『你這樣隨便亂畫，害媽媽重新再貼一次壁紙的話，媽媽一定會生氣的！』他卻不聽，還一直畫……」

媽媽皺起眉頭問：「弟弟現在在哪裡？」她氣呼呼的找出惹下大麻煩、正躲在衣櫥裡的小兒子。

她對著小兒子大聲咆哮，說自己好不容易存錢才買下這麼昂貴的壁紙……愈說愈加火冒三丈，一時間完全抓狂了！

當媽媽氣急敗壞的衝進小房間查看災情，一看到那面壁紙，她頓時淚如雨下；只見牆上寫著「我愛媽咪」，還畫了一顆心將那些字包在裡面。孩子這麼愛她，卻換來責罵，媽媽心如刀割。

為了提醒自己，這片壁紙就保持原樣，只是加上了一個畫框圈住它；這不只是要提醒媽媽，也要提醒所有的家人，在下判斷之前要先釐清事實，不要還沒搞清楚狀況就亂發脾氣。

很多時候，我們的情緒就是這麼不理智。

記得有一次，我在午餐前說了國父艱辛創建中華民國的故事；小哲聽完後，心中充滿了對國父的景仰。沒想到，他居然省下了自己的午餐，跑到校門口餵蔣公銅像吃飯。

那時，在校門口等待接送孩子的家長，紛紛跑來教室向我告狀，並且數落我，到底是怎麼教育孩子的，竟然讓孩子做出如此大不敬的事！

不過，我相信小哲會這麼做一定是有原因的。於是，我「先處理事情，再處理心情」，先帶著小哲到校門口把銅像擦洗乾淨。

回到班上，我以舉辦小法庭的方式，讓小哲說說他做這件事的理由。

小哲說：「我聽了國父的故事後好感動，覺得他每天在外頭風吹雨淋、沒有東西吃好可憐，所以省下自己的午餐請國父吃……」

全班哄堂大笑！我也啼笑皆非，只好對小哲說：「親愛的小哲，你餵的那個偉人是蔣公，不是國父！而且，銅像是不用吃飯的。老師下一次再講蔣公的故事給大家聽。」

雖然不時有驚人之舉，小哲卻也知道自己過動，中午總是匆匆吃完飯就離開教室，到校園遠遠的那頭，孤單的走著……我請班上另一位小霸王小凱去陪他散步。小凱天真的對小哲說：「老師叫我來陪你散步啦！」兩個人走了一圈又一圈，午休時一回教室就呼呼大睡！

上體育課時，我和孩子玩「老鷹抓小雞」；我經常故意扮演凶惡的老鷹，讓小哲當保護小雞的公雞，他每次都很盡責的保護了全班的小雞。漸漸的，小哲就和同學產生了革命情感，打架、鬥狠的行為漸漸減少……

上國語課時，我讓同學分成數組，舉辦相聲比賽。小哲一看過劇本，就能過目不忘，還可以自己增加很多有趣的對話，他玩相聲玩得好開心。正式演出後，全班公認他們那一組表現最好，得到第一名！

我每個禮拜三都要到操場為全校小朋友講故事；有一次，就讓小哲在全校面前表演相聲，大家給了他如雷掌聲……從此，他漸漸成為人見人愛的好孩子！

小哲的媽媽因為每天要到班上來講故事，促使她走出家庭，不斷學習成長；也由於她堅持付出的心，讓她榮獲南投縣志工獎！

記得有一次讀到「周處除三害」的故事，我問大家：「有沒有人想做壞孩子？」

全班沒有人舉手。

我又問：「那麼，為什麼還是有好多人要做壞孩子呢？」

小哲聽了馬上舉手說：「老師，沒有人想做壞小孩的，壞小孩都是被大人罵壞的！」

心靈畫圈圈

每個人都是獨一無二、都是特別的，千萬不要因為還沒看見，就說自己不夠好呵！打破自己或是別人給的框框，用一雙發現美的眼睛，你會看見自己的亮光，同時也看見他人的美好。

心靈打勾勾

一、標籤的故事：參閱繪本《你很特別》（道聲出版）

二、標籤的遊戲：請給予身旁的好朋友三個讚美，告訴他們你有多欣賞他們，他們擁有什麼你所沒有的優點。

過動小頑子

小銘他不及齡就入學了，三年級時編到我的班上。一、二年級時的老師在他的輔導資料裡記載的評語是：「過於好動，做事潦草，心不定；上課不專心，說話時不看人，有聽沒有到……」

當我在暑假看到小銘的資料時，有點煩惱，也有點擔心；我想像，我們這班開學後一定會很熱鬧。我於大學時代曾在臺大醫院兒童心理衛生中心擔任過三年義工老師，也親自帶過一、兩個過動兒；根據一、二年級的老師所敘述的情況，我猜小銘八成是個「過動小頑子」。

果然，開學後，我一眼就認出了他；因為，他的眼神閃爍不定，手裡隨時拿著一樣東西；總是動來動去，坐在位子上無法安定一分鐘，不是站起來走動，就是雙腳不斷抖動，沒有一節課能稍微安靜下來。掃地時間及下課時間，小銘常一溜煙的離開我的視線；不是到樹上抓蟬，就是和同學打架！每天都有同學來告狀。就這樣令人神經緊張的過了兩星期。

我不斷思忖著：「佛祖當初是用什麼方法降伏孫悟空的？」

師大教授高強華曾在〈教學的藝術〉中提及：教學是科學或是藝術？是苦是樂？教師是操縱者或是實現者？

高先生認為實現者的特性有以下幾點——一、誠實；二、覺察：能充分的審視自我、諦聽自我和他人，充分的感知自然、藝術、音樂以及生命中真正重要的東西。三、自然：他可以自由的表達潛能。四、信賴：深深的信賴自己及他人，把信賴視為人際溝通的重要因素。其中，「覺察」及「信賴」深得我心，並它們運用於課程中，希望能幫助小銘。

首先是教孩子覺察安靜的美。我請孩子們在上課鈴聲響後，「聞鈴靜坐」；全班安靜後，學習諦聽大地的聲音、心靈的聲音，接著是玩「用眼睛聽、耳朵看」的遊戲。慢慢的日積月累，靜靜的美，感覺出來了。

小銘從動來動去到能雙手安定放好，前後經過了一年多。他在短文中寫著：「老師常說，只要靜下來，就會聽見大自然的聲音。大自然的美有山、有水、有風。老師說，常看山，眼睛就不會壞掉，聽水的聲音是嘩啦嘩啦、叮叮咚咚，好好聽。風，對我有很大幫助。本來我心中有一團火的，只要安靜下來，風就把那團火煽熄了，真奇妙啊！」

這一年多來，小銘除了能「覺察」到大自然之美、以及體會到心靈中的重要東西外，最重要的還有對老師的「信賴」。

已經好久不再奉行打罵教育了！因為，教書近三十年，我深知孩子們是不會把打他、罵他、指責他的人「心甘情願」的放進他們心裡。因此，我改用「好話、笑臉」教學——每天的聯絡簿上用「笑臉」加「好話」。證嚴法師以「給一句好話」勉勵老師們，他說：「最好的教育，就是每天給他一句好話，藉以開啟他本來就具有的善心、佛性。」加上每天課前的「靜思」，還有下課前幾分鐘的「空白」時光，小銘終於有了長足的進步。

為了讓小銘充分發揮「動」的長處，下課時我教他手語歌，從〈感謝天感謝地〉到〈老師心菩薩心〉，還請他上臺做全班的示範小老師。經過一段時間，小銘不但眼球不再亂轉、雙腳不再抖動，並且能唱作俱佳、用心的將歌曲的情感表達出來，真的是「唱達諸佛聽，上達諸佛心」！

真的好感謝小銘，讓我體會到當老師的無限可能；讓我在每天平凡、平淡與平實的教學工作中，激發出創作力與熱忱的心念！

心靈畫圈圈

當我們以為自己在關懷他人時，轉身一看，卻是自己受益良多。即使是孩子，也會以與生俱來的善心、佛性，引領你看見自己的光亮。親近孩子，便靠真、善、美很近。

心靈打勾勾

一、我也是老師：你可以教給別人的事情是什麼？

二、拜師學藝：孔子說：「三人行必有我師。」打開慧眼，好好向身邊的人學習吧！

每個孩子都是千里馬

柏儒是個聰明的孩子，小學一、二年級時成績都還不錯；可是，到了三年級，功課愈來愈多，他似乎變懶散了。課堂上寫字、算術，他總是拖到最後，放學時還寫不完；月考時也是，考卷直到下課鐘響都還沒寫完。

每次看柏儒的作業，心裡就有氣，因他的字寫得很不好看、動作又慢；往往組長要收簿子了，他還沒寫完，同學們氣炸了，我也氣壞了……

柏儒的爸爸在菜市場賣些小古董、銅錢及大陸古玉；媽媽則是賣好吃的水餃、滷味。他們都很關心孩子的教育，下課後還把柏儒送到安親班上課，為什麼柏儒還會變得這麼懶散，功課愈來愈差？

在一個寒冷的冬夜，我剛看完牙醫，突然在巷子裡看到柏儒；都已經是晚上八點了，他還在暗巷裡幹什麼？我再回頭一看，原來他剛從安親班裡走出來。他低著頭，垂頭喪氣的拖著鞋子走著。

真的，我從來沒看過一個小孩如此沮喪、悲傷、無力的表情！我感覺柏儒的書包好重、好長；他的頭低得好像快掉到地上，他的步履更是沉重！他，是百般不情願的拖著鞋子在走路。

看到柏儒的背影，一陣心疼湧了上來。柏儒從早上七點多到學校，下午四點多下課就到安親班；現在已經是晚上八點了，他還要背著重重的書包獨自在暗巷裡走著，早餐、中餐、晚餐都是在外面自己吃。他還只是一個九歲的孩子啊！

隔天，到了學校看見柏儒，腦海中便浮現昨晚那幕——暗巷中的悲傷背影。

我思考著，也許並不是每個小朋友都適合用「寫字」的方式來做作業，有些小朋友的作業或許可以用「發表」的方式呈現。一個老師應該可以用各種不同的方法來評量學生，而不是只用「紙筆寫字」、「考卷測驗」等傳統方式。

於是，在放學前，我給孩子們的社會科作業是「瞭解家人的職業」，請小朋友訪問父母為什麼選擇他們現在的職業，並且談談其中的快樂和辛苦。我要求孩子們試著當一名記者，把訪問的內容記下來！

「啊！又要記、又要寫哦！」柏儒一聽，就開始大聲唉唉叫。

「不一定要用筆記下來呵！除了用手寫之外，也可以用錄音機把訪問的內容錄下來，再放給全班小朋友聽……」我補充說道。

這時，我看見柏儒的表情從「很悲傷、很哀怨」轉變成「很快樂、很愉悅」！

一星期之後，要交社會科作業了。柏儒那天興沖沖的第一個來學校，他還沒進教室就對我說：「老師，我已經把作業做好了！我錄音了耶！」我心想，柏儒每次都是最慢交作業的，怎麼今天變成最快的呢？

上課時，我對小朋友說：「今天是柏儒第一個交作業，我們給他一個愛的鼓勵！」隨後，我請柏儒上臺，播放他的錄音訪問。

這時，柏儒從書包裡拿出了許多小古董、銅錢、古玉、茶壺等東西放在第一排同學的桌上；他說，他訪問的是他賣古董的爸爸——

「請問張先生，您為什麼會選擇賣古董的行業？」柏儒問道。

「我選擇賣古董是有原因的。我喜歡古董；從古董當中，我們可以瞭解歷史，也可以知道古時候的人是怎麼過生活。例如，從他們的錢幣、杯子……」錄音帶裡不時有市場的吵雜聲，小朋友聽得很訝異、也很興奮，因為柏儒是親自到菜市場向父親做錄音訪問。

柏儒的錄音訪問以及父親的古董藝品展示，讓班上的孩子聽得目瞪口呆。柏儒那麼用心的作家庭作業，也讓同學和我學習甚多，因此我給他全班最高分！

每個孩子都是千里馬，但需要碰到一位伯樂！

從那天開始，我從柏儒的眼中看到他「自信的光彩」！他原本都是低著頭走路的，現在卻開始微笑的抬頭走路，也逐漸喜歡上課、學習，成績進步了！

原來，柏儒是一個喜歡「創造性學習」的孩子，極厭惡「重複性學習」；他對於已經學會的東西，卻要不斷的重複抄寫，會感到十分厭煩和不耐，因此產生「拒絕學習」的心理。於是，我和柏儒的爸媽商量，減少他在安親班的時間，也請安親班老師不要一直逼他「不停寫字」。因為，學習可以是終身的快樂呀！

心靈畫圈圈

學習應該是一件快樂的事；若成了折磨，便成了只是對別人的一種交代，成效不會回饋到自己身上來。學習可能很苦，如果能夠甘之如飴，快樂終究會回報在自己身上！學習的路徑很多種，不開心並不表示該放棄學習，試試看另外一條路徑吧！

心靈打勾勾

找一找快樂學習的方法：

一、自己想要學習什麼？你如何用心學習？

二、請以小組形式，每個人列出自己學習的快樂與不開心，分析出適合自己的學習方式。

〇〇贏了××

那一年，開學第一天，我只花了一丁點時間就認識了小宇。小宇剛坐下就大聲哭了起來！我和他媽媽趕忙到他身邊，對他好言安撫，並輕聲問：「為什麼哭？」

他大聲的說：「我不要讀這一班，我要和小緯讀同一班！」第一天就在他的大哭大叫聲中，慘淡的過去了。

第二天起，我和小朋友約法三章，共同訂出班規，並教他們行止間的威儀。話才說完，小琪就舉手告訴我，小宇今天是爬牆進學校的！

我驚訝的望向小宇：「真的嗎？」小宇點了點頭。

下課後，我和小宇手牽手到圍牆邊，他指著矮矮的牆說：「今天早上，媽媽抱著我爬過圍牆，再走進教室的。」我不敢相信，於是做了家庭訪問。

媽媽告訴我：「是真的！」還帶著不以為然的表情說：「倪老師，難道您沒有當過學生嗎？您應該知道學生最喜歡爬圍牆了；我是為了讓小宇及早體會爬牆的快樂，所以才會從一年級開始就教他爬牆啊！」

「哦！」可是，從一年級開始就不遵守校規，不太好啊！

經過一番詳談後，知道小宇的爸爸在高雄工作，一個月才回南投一次；媽媽在公所上班，因此三個兒子平時都送往安親班，晚上七時以後才接他們回家。小宇是家中最小的男孩，小時候在鄉下由外婆帶大；外婆年紀大了，力不從心，小宇又特別好動，外婆只好任由他去。直到快要讀小學時，媽媽才把小宇接回來同住。

媽媽對小宇雖有愛心，但無耐心；小宇做錯了，媽媽常用水管打他，打完後又覺得後悔。於是，媽媽就以教他爬牆或買許多玩具來補償，小宇的行為就這樣開始偏差。

我變成壞人怎麼辦？

九二一大地震時，小宇的家倒了；他房間的櫃子整個倒下來，差一點壓傷他，他受到了極度驚嚇。在地震過後，他的偏差行為更嚴重了；不只在上課時尖叫、喧鬧，還趁我轉頭去擦黑板時立刻脫下褲子，露出私處給女生看，惹得女生尖叫，他就哈哈大笑。更誇張的是，小宇上體育課時還不時偷襲女生的胸部和屁股，甚至掀裙子；全班女生都被激怒了，家長也跑來學校指責。

我和小宇的父母討論了孩子的狀況，爸爸說：「我願意調職回南投，全家一起來幫助小宇。」我也和輔導主任合作，要以鼓勵和愛將小宇愛回來！

請教醫生後，他建議小宇的父母帶他到大醫院看兒童心理門診。經過醫生詳細診斷後，發現小宇的腦垂體分泌異常，造成他無法控制自己的行為，而做出許多不雅的動作；這樣的病症只要能按時吃藥，並加上心理治療，異常行為就會慢慢被控制。

但是，小宇吃了藥後直嚷著：「頭好痛！好痛！」媽媽看了心疼，常常替小宇減藥量，小宇的偏差行為因此仍不斷發生。

有一天，小宇跑到我面前，拿出一本小冊子對我說：「老師，您要好好管教我啊！您如果不管教我，將來我變成壞人該怎麼辦呢？我會跟人家說我是您的學生呵！」

「好！好！我會好好管教你。可是，你拿這本小本子給我做什麼？」

「老師，從今天開始，我如果做錯事或有同學來告狀，您就幫我在小本子上打個×，您每打一個×，就可以打我一大板，您說這樣好不好？」

天啊！小宇竟然主動要求我嚴格管教他、處罰他；可見，他的內心其實是一個善良可愛的孩子啊！但是，說歸說，他的行為依然調皮、頑劣，每天仍不斷的有小朋友來向我告狀，說小宇打人、亂摸人、把青蛙的腿拔斷了……

不到一個星期，他的小本子就已經被記了一百個×。我生氣的找來小宇，對他說：「小宇，你說怎麼辦？你已經被老師記一百個×了，我今天真的要處罰你了！」

「老師，對不起！我應該好好被管教，請您打我一百大板吧！」

小宇將自己的手高高舉起要讓我打；我看著他的手、他的臉……唉！我怎麼能忍心打他？

小宇的雙手仍然舉在半空中，等著被打。

團體作戰，用愛搶救

我轉過頭，望著全班同學說：「今天老師真的好難過。從一年級入學到現在，老師每天都聽你們來告狀，說小宇這裡不好、那裡不好，好多好多的不好，難道小宇從來都沒有做過什麼好的事，可以讓他打『○』的嗎？」

過了一會兒，可愛的家維率先舉手說：「昨天我沒帶彩色筆，是小宇借給我用的！」

我好高興、也很感動，便繼續向小朋友說：「現在，請大家努力的想：小宇曾經做過哪些好事？說他一個好，我們就送他一個○，一個○就可以銷掉一個╳，我們一起來『搶救小宇』好不好？」

話才說完，就有小朋友舉手說：「老師，小宇昨天幫我打菜！」

「老師，小宇常幫我們抬牛奶、做資源回收！」

「老師，小宇昨天也有和我們一起掃廁所。」全班小朋友不斷搶著說小宇的好，大家拚命的送「○」給他。小宇得到了一百個圈圈，終於把先前的一百個×都銷掉了。站在前面的小宇，原本哭喪的臉突然笑了起來！

當小朋友們走到他面前握著他的手，將心中的好話傳送給他時，他不由自主的大哭起來……

後來，小宇加入了球隊，精力有了發洩的地方，正向行為也慢慢增加。小宇的爸媽也成為志工，帶領小宇一起去付出；小宇也答應按時吃藥，他要努力做個好孩子。

在親師友的團體合作下，小宇的臉上已能經常掛著可愛、純真的笑容！

心靈畫圈圈

團體作戰，用愛搶救脫序的孩子，會讓孩子更有勇氣修正自己；因為他知道，他和其他人是同在一起的，他必須要好好歸隊。

心靈打勾勾

一、〇〇╳╳：〇是好事，╳是壞事，每天十小格，團體大作戰，讓╳╳都不見。

二、當我們同在一起，少一人都不行；午餐時、體育課、分組活動……時，數數看誰不見了，趕緊去找他回來呵！

迷惘的孩子

有緣參與了慈濟舉辦的教師靜思營；在三天兩夜的活動中，每個人都讓自己重新歸零，用心感受慈濟的人文精神。

在第二天的課程裡，慈濟中學曾漢榮校長提出要在校園落實「誠實」的信念——在校內設置閱報箱，旁邊放置一個投幣盒，讓學生將零錢投入盒中自由取報。有的教授擔心，這種自由心證的作法會讓孩子只閱報而不投錢；然而，曾校長強調，會透過正向的鼓勵來支持這項活動，而不去計較在這其間投資了多少報費。

這一分為學生真誠付出的心意，令人聽了好生懺悔。我不由得想起之前在高雄任教時發生的一件事……

某一天在學校演講後，陪著孩子們逛百貨公司；在百貨公司販賣精品的櫃臺前，和從前的學生小怡偶遇。小怡遠遠的和我四目交接後，如見鬼魅，慌忙的躲在櫃臺下；當時我好想上前去擁抱她，然而我卻遲疑了一會兒。當我下定決心走向櫃臺時，她已請假離去；代班的同事告訴我，她是哭紅著眼、慌張的離開櫃臺的。

十年前的小怡，還是個四年級的小學生；她擔任班長，人長得極美，我常託她辦事。有一次，收完班上的牛奶錢，我把要找給小華的五十元託她轉交。放學時，小華來到我面前請我給他五十元；我詢問了小怡，她回答：「我忘記又傳給誰了。」

想不到，這件事竟然鬧到令人抓狂的地步。我要小怡檢查全班同學的書包，最後我也檢查了小怡的書包；竟然在她的國語課本中發現一張五十元的鈔票！小怡掩飾不及，猛一抬頭看我，眼裡充滿了求助與恐懼！

不過，學生中已有人眼尖的指著小怡喊：「班長是小偷！」

我安撫了學生，對小怡拍拍肩，平靜的處理完這件偶發事件。

在學期結束時，我考慮再三，最後還是在給新老師參考的學生輔導紀錄本上寫著：「要多注意小怡的生活習慣。」沒想到，開學時，新導師竟然帶著小怡來教室找我，希望我能詳細說明她在生活習慣中應該注意的是那些事？我抬頭時看到小怡充滿怨恨的眼神……

十年過去了，聽其他的學生說小怡不再升學……我的心中有好多好多的遺憾！聽著曾校長談及對「誠實」這個信念的用心，我也深深的反省與懺悔著。

從今以後，面對迷惘的孩子，我將會以更深情和寬廣的心看待他們，希望能竭盡一切方法幫助他們。

心靈畫圈圈

教師在什麼情況下能搜學生的書包，這是個很有爭議的問題。老師的出發點都是為教育孩子，但作法上可以更細膩，尤其要保護到當事者的自尊，讓事情留有餘地。

如果我們願意相信迷惘的孩子有決心改變，就該全然相信；如果存有疑慮，就不會是「願意相信」，那樣只會讓孩子失去對我們的信任，我們的「不誠實」也會深深灼傷孩子的心。如果願意相信，就請表裡合一的真心相信。

心靈打勾勾

一、木偶奇遇記：說謊鼻子會變長的小木偶，因為學會誠實，終於成為真實的小孩。誠實力量大，我們一起來閱讀小木偶是如何懂得誠實的。

二、謊言的考驗：說謊，是因為想要遮掩自己犯的錯。我們都知道說謊不對，所以說謊時你的心就會很不安，撲通撲通的跳得很厲害、很難受！想想看，說謊的感覺有多不好呢？我們該如何學習不說謊呢？大家一起來想辦法吧！

一根沾滿油漆的湯匙

第一次擔任一年級的導師時，心裡戰戰兢兢。才剛點完名，教務主任帶了兩個小女孩來到教室門口。我一看，心中訝異著：「天哪，怎麼會有這麼矮的孩子！」

主任指著其中一位大約只有一百公分的女生對我說：「比較矮的是姊姊，今年七歲；高一點的是妹妹，只有五歲多，還不及齡。他們的母親要妹妹一起來念書，順便可以照顧姊姊。麻煩您了！」

我傻住了！怎麼會叫五歲的妹妹來照顧七歲的姊姊呢？心裡很不解的問：「怎麼不讓姊姊成熟一點再來念書呢？」

這時，孩子們的媽媽從門外探頭進來，幽幽的說：「她不會成熟了！她的個子就是這麼矮……她今年已經七歲了，我如果不讓她入學念書，公婆會責怪我的……」

沉默不語的女孩

我想，教育是「零拒絕」的工作，就讓她們這兩位矮個子姊妹坐在第一排上課吧！可是，當我問：「妳們叫什麼名字？」她們倆都不開口；從早上到中午放學，兩人都緊閉著嘴巴，用大大的眼睛望著我。

第二天，媽媽又帶著兩個女孩來上學。我對媽媽說：「學校有啟智班，我帶您去參觀一下；那邊目前只有五、六個小朋友，有兩位老師教，您的孩子會有比較好的照顧！」

我沒注意到媽媽和孩子不悅的心情，就帶著她們一起來到啟智班；可是，一到門口，姊妹倆說什麼也不肯走進去。我說：「進來參觀一下，沒關係啊！」

媽媽很不高興的說：「我們不要讀這種班，我的孩子是很正常的……」

「可是，您的孩子連自己的名字都不會說啊！」

這時，一旁的妹妹大聲說：「我叫施小韋，我姊姊叫施小芝！」

老天爺！終於聽到妹妹開口說話了。「妹妹，妳不能代替姊姊說話啊！姊姊必須自己能說出自己的名字，才能在我們班上讀書。」我順勢要讓姊姊開口說話。

個子矮小的姊姊小芝，睜大了眼睛看著我；大約過了十秒，她才鼓起勇氣，吃力的從鼻子發出很細、很小的聲音說：「我叫施——小——芝……」

此時，我抬頭一看，媽媽早已淚流滿面。當時的我是很不情願教她們；因為，在課堂上她們都不說話，只是一直抄、一直寫。下課了，個性閉塞的小芝也是一直坐在教室裡，不出去和同學玩。看到小芝和小韋的表現，我實在是不喜歡她們，也未真心的接納她們，常常不悅的責備小芝：「小芝，妳看妳，桌上、桌下都髒兮兮的！快點把座位整理乾淨！」

有一天，小芝的媽媽來到學校拿她忘掉的聯絡簿，順便幫忙她清理抽屜，突然間，媽媽大叫一聲，原來是小芝的抽屜裡藏著好多垃圾和發臭的食物，好幾隻蟑螂爬了出來。

這時，我忍不住對小芝媽媽說：「施太太，妳要不要再考慮一下，把小芝送到啟智班去，做專業的特別輔導？」

媽媽一聽，臉一沉，忍不住的哭了出來：「倪老師，妳知道嗎？生了這樣的孩子，我的心好苦啊！我常常一個人偷偷的哭……好多次……好多次我想去自殺……我並不是故意要生這樣的孩子啊！可是……如果我死了，這兩個孩子怎麼辦？」

聽到媽媽這段話，我真的好慚愧。對啊！天底下沒有一個媽媽希望生出這樣的孩子啊！而且，她還要長期忍受公婆的異樣眼光及壓力。我輕蔑的態度以及不禮貌的言詞，真是刺傷了小芝媽媽的心啊！

放學後，我騎著車，一邊回想，一邊流淚，心中充滿懺悔，好自責！我真是說錯話、做錯事了！我在心中暗暗發願，一定要改變態度，想出好法子來幫助她們姊妹倆。

快樂唱歌的女孩

有一天，小芝感冒生病了，仍然來學校上課，妹妹轉達媽媽的請求，要小芝別出去上體育課，於是我讓小芝一個人留在教室內畫圖，就帶著其他孩子們到操場上。

課上到一半，我回教室拿個東西。一走近教室，隱約聽見了輕輕的歌聲：「蝴蝶、蝴蝶，生得真美麗，頭帶著金絲，身穿花花衣……」

是誰在唱歌？

天哪！竟然是小芝在唱歌！她一邊畫著圖，一邊很自在、很快樂的唱著……

我站在教室外愣了好久，靜聽小芝唱著剛教過的兒歌，眼眶忍不住的紅了；小芝的歌聲雖然不好聽，這卻是我第一次聽見她開口啊！

當我一走進教室，只見小芝驚嚇的立刻把嘴巴摀住；她不知所措，兩隻小小的手很用力的把小小的臉蛋遮住。

我看了好心疼，趕緊說：「小芝，妳唱歌好好聽呵！繼續唱給老師聽好不好？老師從來不知道妳唱歌這麼好聽，可不可以把這首歌再唱一次給老師聽？」

我輕輕的把小芝摀著臉的小手移開，只見她的眼眶泛著淚水；或許，從小到大，從來沒有聽人家讚美她「唱歌很好聽」吧！

這時，我看到小芝一臉緊張及疑惑；我拉起她的小手，告訴她：「我們一起來把這首歌再唱一遍好不好？」小芝終於破涕為笑，含著淚水點點頭。於是，我們倆在教室裡一起輕唱著：「蝴蝶、蝴蝶，生得真美麗，頭帶著金絲，身穿花花衣……」

唱著、唱著，下課鐘聲響了，小朋友們從操場回到了教室；當他們看到「未開口說話」的小芝和我一起唱歌，都驚訝不已；在我們唱完歌時，同學們都報以最熱烈的掌聲！

從那天開始，小芝敢開口說話了。原來，她不是不會說話，也不是智障，而是因為罹患「黏多醣症」導致個子矮小，所以心理自卑而不敢開口說話。

後來，她原本個位數的成績，也在同學的鼓勵和自己的努力下，有了令人難以置信的進步。

溫暖貼心的女孩

九二一大地震後，班上的小朋友幸好都平安無恙。不過，校方希望老師們多用心輔導孩子，進行心靈療癒；例如，透過彩色筆或用大刷子來繪畫，讓孩子盡情的隨意揮灑、塗抹，把心中的悲痛釋放出來。

某一天的美勞課，學校送來一罐罐彩色油漆要讓孩子們作畫。當我打開罐裝的油漆鋁蓋，一時之間找不到可以挖油漆的工具，只好以我便當盒裡的湯匙挖那些「又稠又濃」的油漆，分送給各組同學作畫。

小芝個子小，手也小小的，但是她很用心的和同組小朋友一起拿起刷子，彩繪出美麗的圖畫來。

中午吃飯時間到了。當小朋友打完菜、正要一起吃飯時，我才想起我的湯匙用來挖油漆，已經弄得髒兮兮了，上面黏了一層濃稠的、很難洗掉的油漆，乾脆丟掉好了；於是，我請班長幫我到辦公室借一雙筷子。此時，同學們說：「老師，不用去拿筷子了，您的湯匙小芝正在幫您洗。」

可是，那麼髒的湯匙很難洗呀！我便叫小朋友告訴小芝不用洗了，我去借一雙筷子就好了。小朋友去了之後回來說：「老師，小芝不肯回來，她一直搖著頭，說她要洗。」

後來，我只好自己到教室外的洗手臺叫她；只見個子矮小的小芝，正踮著腳尖，很用力、很認真的刷洗著湯匙。看著小芝小小的背影，我心中充滿感動，走近她說：「小芝，不用再洗了。」

此時，她轉過身來，一臉俏皮的把一支亮晶晶的湯匙放在鼻尖前，笑嘻嘻的交給我說：「老師，湯匙——洗好了！」

當我一拿到湯匙，眼眶都紅了！要把一支沾滿濃稠油漆的湯匙洗乾淨，是多麼不容易的事啊！

那一餐飯，我用這隻盛滿小芝關愛的湯匙，飽足了我的心靈，班上的孩子也嗅到了愛的味道……

心靈畫圈圈

當我們面對人與事，是不是都慣性的急於下判斷或處理完畢？如此一來，我們可能會錯失觀看不同面貌的機會；錯失的，或許正是我們樂於促成的。萬物靜觀皆自得，多一點時間的等待與觀看，會看見初始印象之外的樣貌……

心靈打勾勾

一、收藏天空：向天空說早安、午安、晚安，並記錄下天空的樣貌。

二、向左看、向右看：看看身邊的人，再走到他的另一邊，有沒有發現不一樣的地方？

送孩子一盞心燈

我有一個學生小任，他很乖，對我很好，每天陪著我鎖門，替我牽腳踏車，我們一起回家。他的毛筆字寫得非常好，常寫些小詩、春聯，偷偷的放在桌子上送給我。我很喜歡他，常常用「笑咪咪的臉、柔柔的眼光」對待他。

有一天早晨，小任的母親氣急敗壞的跑到學校來告訴我：「小任又偷錢了！這次偷的是兩千元！」

我說：「不會吧？他在學校的表現是很乖、很好的。」

媽媽說：「您不要被他騙了！他是出了名的雙面人！他就是喜歡您，

才會在您面前表現得很好，可是您不知道他在家有多壞！他爸爸天天打他、罵他，他偷竊的習慣就是一直沒改！」

「他從什麼時候開始會偷東西呢？」

「從幼稚園起！」

「可是，我教他一年了，班上從來沒有人掉錢或是掉東西呀！」

媽媽又說了：「他就是喜歡您，才不敢在您面前做壞事啊！」

我說：「這麼好的孩子，為什麼非偷不可呢？是不是他心中存著什麼陰影？有著什麼悲傷？」

媽媽一聽，眼眶馬上紅了，她說：「爸爸對他好凶，一直覺得『棒下出孝子』，所以打得很厲害，管教的方式很嚴格！」

我說：「媽媽呢？媽媽是不是應該做孩子的避風港？今天這件事請您先不要聲張，學著相信他，幫助他跳出痛苦的深淵！」

回到教室，我想起「一輪明月」的故事，就說給孩子們聽——

有一位老禪師，一個人在山上修行。有一天晚上，他出來散步；走到茅屋時，看到一個小偷正潛進屋內偷東西。禪師知道屋裡根本沒東西可偷，便脫下外袍，等著這名小偷出來。

小偷看到門外的禪師時嚇了一跳，手足無措。只見禪師把手上的外袍披在小偷身上，拍拍他的肩膀說：「你走了這麼遠的路，沒有什麼東西送你，這件袍子你就披著吧！山上天氣很涼，你自己一路上要小心呵！」

小偷不知所措的走了。

禪師望著天上的明月，感慨的說：「真可惜，不能送給這個孩子一輪明月。」

第二天早晨，禪師打開門，看見披在小偷身上的外袍摺疊整齊的放在門口。禪師很高興的說：「終於把一輪明月送給他了！」

說完故事，班上一片寧靜。我問孩子：「禪師為什麼會說『終於把一輪明月送給他了』呢？」

全班你看我、我看你，沒人回答。我等了一會兒，小任舉手了，他說：「小偷很慚愧，不再偷東西了，所以把東西還給師父；這就表示他的心像一輪明月，很乾淨。所以師父才說，已經把一輪明月送給小偷了。」

多好的回答呀！這時，我和小任相視一望，眼裡漾著感動的淚水。

接著，我說了「一串葡萄」的故事——

有一位日本小朋友三吉，偷了同學的「金黃色水彩」，被老師發現。老師讓他將東西歸回原處，什麼話也沒說，只是帶著三吉到辦公室，在窗外摘下一串葡萄送給三吉吃，並且告訴他：「你明天一定要來上學，老師想看到你！」

第二天，三吉猶豫、慚愧的在校門口徘徊，遇到了擁有「金黃色水彩」的同學；同學很自然的牽起三吉的手，一起去玩。老師用溫柔處理了這件偶發事件，使得三吉體會了「愛」。三吉長大後，成為駐美大使，一生中念念不忘那位啟蒙的老師。

說完故事，班上仍舊一片寧靜。我看著學生，覺得他們每一個都是好孩子。孩子犯錯，就如同他們愛玩泥巴；沾滿泥巴的雙腳，並不是他們真實的腳。你覺得髒，只是泥巴髒；把泥巴洗掉，就還他本來清潔的腳。腳一直是乾淨的，這雙乾淨的腳就是孩子的本性。

心靈畫圈圈

每位孩子都是好孩子！要消除孩子心中黑暗的一面，只要為他點起一盞心燈，帶進光線就好；光進來了，黑暗就消失了。光線就是光明的心，就是信任，或是溫柔的眼光、輕聲細語、笑咪咪的臉……這些都是光源；只要一點光亮，孩子就能感受到溫暖，逐漸靠向你。

心靈打勾勾

請為「黑暗中的一閃一閃亮晶晶」說個動人的溫暖小故事：

一、小船黑夜航行的光明：燈塔

二、旅人荒野夜行的光明：星光

三、心靈幽暗獨行的光明：笑容

當孩子愛唱反調

有一次到全國最高學府——兩千兩百公尺高山上的小學演講；進行到一半，山上突然下起大雨來，讓我想起一段和雨有關的學生往事。

那天，也是上課上到一半時突然下起大雨來；我如同往常般一再的叮嚀班上的小朋友，下課時不要出去淋雨，免得感冒了。

沒多久，就有「報馬仔」進來告訴我：「老師，小孟又不聽話了！他故意站在屋簷下淋雨！」

說真的，身為老師，最生氣的就是才剛叮嚀完，就有人馬上故意去犯！我往窗外一看，看到小孟一個人站在走廊的屋簷下，身子一半在外面、一半在走廊裡，像英雄似的故意淋給其他小朋友看。

上課鈴聲響了，小孟最後一個衝進教室，全身淋得溼答答；他一邊甩頭、一邊拍打身子，眼睛瞄著我。

我問來聽演講的老師們：「當你看到一個孩子故意在你面前犯錯、故意淋雨，你會怎麼做？」

「我會拿吹風機給他，叫他自己趕快吹乾。」

「應該借他一條毛巾讓他擦乾。」

我再問一位較資深的爸爸老師：「如果小孟是你的孩子，你會怎麼做？」

他說：「我應該會拿一條大毛巾幫他把水擦乾。」

這個孩子我教了兩年；他自尊心很強，一直跟我唱反調。很感謝上蒼給了我這樣一個機會，讓我想起了證嚴法師曾說過的一句話：「要用父母的愛心來對待學生。」

是的，小朋友來到學校，老師不就是他學校的媽媽嗎？一個當媽媽的人如果看到孩子淋溼了，會做什麼？是不是應該用乾毛巾趕緊為他擦乾？

於是，我打開抽屜拿出乾毛巾，把小孟的身體從頭到腳都擦一擦，拿出一件舊制服給他穿（各屆小朋友遺失、沒人認領的舊制服，我都會洗好放在教室裡），再從抽屜裡拿出吹風機幫他把頭髮吹乾。

在做這些動作時，小孟一直背對著我。

小孟一定覺得，老師做這些事，讓他很丟臉、很沒有面子。剛開始時我還有點生氣，就很用力的幫他吹頭髮；但是，想到他是失去親情寵愛的孩子，心中很不捨。

於是，我的動作慢了下來，輕輕的為他吹頭髮；一邊吹、一邊輕柔的唱著我們的班歌給他聽：「我有一個好爸爸，也有一個好媽媽……」

這時，小孟慢慢的轉過頭來，眼睛充滿了淚水，突然抱住了我，對我說：「老師對不起！我以後都要聽您的話了！」

我的眼淚也忍不住的掉了下來！

小孟，你知道嗎？老師等你這句話，等了兩年了呀！

小孟這孩子還真是有義氣，他說到做到。從那一天開始，他變成一個很乖的好學生，不再頑皮搗蛋，下課時還自動拿一條抹布來幫我擦桌子、擦椅子、甚至幫我擦鞋子。

我常想叫他不用擦鞋子，因為我的鞋子還很乾淨啊！但是，小孟總是笑咪咪的，他的好意讓我不忍心拒絕。

我那雙漂亮的粉紅色絨布鞋，被小孟一直擦，不到一個月，鞋面就被他擦破了！不過，我一直把這雙舊的絨布鞋放在鞋櫃上，每次出門時都會深深的看這雙絨布鞋一眼，因為這是小孟送給我的美好回憶啊！

心靈畫圈圈

人與人之間的相處態度是相應的。你決定如何與人為善，就如自己所想的去做；他人可能不會立即回應，但你已張開發現美好的眼睛，於是世界也變美好了。孩子的純真不假包裝，他們直心相對；對於接收到的溫暖，他們會回以熱情的擁抱；即使是頑皮的孩子，也有洞悉愛的能力。懂事的大人們，一定願意以美好的眼睛看見孩子的純真！

心靈打勾勾

一、心靈點燈時間：「用菩薩的愛心來對待家人，用父母的愛心來對待學生」，用柔柔的眼光及笑咪咪的臉來看孩子，有沒有什麼不同？

二、瞭解天生氣質及行為改變技術：請參閱《因材施教》（健康世界出版）及《管教孩子的十六高招》（心理出版社）。瞭解小孩的氣質特徵，可以幫助父母、老師避免不必要的指責與自責；運用行為改變技術，有效的與孩子互動，修正及引導孩子順利的社會化。

從午餐裡學會感謝

多納，高雄市茂林區最深處的村子，全村幾乎都是魯凱族。他們的住家是用一片片黑色石板蓋成，家家戶戶門前種滿了小紅花；在乾乾淨淨的街道旁，有一所小巧精緻的「多納國小」。在他們簡單、整潔的小餐廳裡，有一幅對聯寫著：

一粒米是歷經辛苦和血汗，一滴水也有天地的恩惠。

這句「天地的恩惠」多麼令人動容！缺水時，大家才會想到「水資源」的重要。

我常想，現今社會種種的家庭問題及教育問題，是不是「不患寡」而是「患無心」？因為我們少了一顆感恩的心。當老師的我們，是不是應該教孩子感恩、知足的生活態度？

於是，在吃午餐前，我請全班同學一起數數：一、二、三！大家一起掀開飯桶，一起聞著吸引人的米飯香、青菜香！用心聞後，大家心中充滿了對食物的感謝！

接著，我請孩子們每天輪流做「小主人」，帶領大家說感謝的禱詞：「感謝上蒼、感謝父母、感謝參與工作的師長和同學，大家請用。」全班齊聲說「謝謝」後，才開始用餐。

小主人有的會解釋菜名的由來，講講小典故，有時也會問問大家：「今天的午餐裡屬於海的東西有哪些？山的東西有哪些？」這是參考日本《窗口邊的小荳荳》一書裡小林校長的好方法。

大家思考了幾分鐘，就會七嘴八舌的發表高論。在快樂的午餐時光裡，我們也學會了自然課裡的分類與歸納。

有一天，小主人提議做短詩練習，每人說一句讚美的話。

開駿說：「愛，就是把菜吃光光！」

筱嵐說：「山的、海的，我都愛！」

士峯馬上接著說：「學校午餐呱呱叫，只要吃一口，馬上變神仙。」

吃完飯後，大家哼著歌，快樂的做午餐的善後工作。記得看過一部日本電影《四年三班》，全班的同學和老師餐後一起跪在地板上擦地板，抹前抹後的歡喜情景，至今仍常在腦海浮現，難以忘懷。

有了這些活動後，孩子們變得不偏食、懂得感謝。聽孩子們的媽媽說，他們連在吃早餐和晚餐時也會要求全家一起感謝上蒼、感謝……

孩子也知道「愛，就是把媽媽煮的菜吃光光！」

心靈畫圈圈

真正的生活教育就在當下，讓每個孩子在生活中真正的學習；每個孩子的心都是一塊璞玉，這也是「天地的恩惠」，我們要好好珍惜。

心靈打勾勾

一、生產履歷表：請記錄食物到達餐桌前的歷程。

二、每一份餐點都是一種恩賜，最好的回報就是一點都不浪費的吃完，轉化成身體的能量。今天，你的飯菜都吃光光了嗎？

我們班在養雞

下午，我在教室裡批改小朋友的國語習作；裡面有一段畫畫寫寫，是請小朋友們畫一位幫助學校做事的人，並且寫一段感謝的話。結果，全班一半的同學畫的都是匡睿的爸爸。

他們不約而同的這樣寫著：「親愛的匡爸爸：您好！謝謝您為我們準備自然課的雞，使我們能仔仔細細的觀察雞的生長情形！」

育丞寫的是：「親愛的匡爸爸：謝謝您送小雞和飼料給我們，我們都有好好的養小雞。有一次輪到我養雞，我把雞籠一打開，小雞就飛出來了！我們養小雞好快樂呵！匡爸爸，謝謝您！」

看著這些童言稚語，我好像重新回到那段養雞的歲月。

開學時，我翻閱了自然科教學指引，發現第二單元是「飼養小雞」；我一想到要教七歲的孩子們養雞，就頭皮發麻。但是，愛心爸爸匡先生卻興趣盎然。首先，他在聯絡簿上告訴我小時候養雞的趣事，還有麥當勞使用的白雞的生長狀況；隔了兩天，又送來一本一九九七年美國愛拔益加育種公司的肉雞飼料管理手冊給我參考，並告訴我他會送雞籠以及四隻土雞與四隻白雞給我們。

當孩子們看到小雞來了，興奮得不得了，異口同聲的說：「會好好照顧牠們！」

首先，讓孩子們先幫小雞做腳環，在嘴上做上記號，然後替小雞取名字——有的叫小毛、小荳荳，有的叫小可愛、小乖乖、冬冬；接著，大家七嘴八舌的討論養小雞要注意什麼？怎麼抱小雞？整節課下來，他們的神情是快樂、滿足、和喜悅的！

小雞在孩子們的細心照顧下，一天天的長大了！每天早晨，輪到照顧的小組都會很早到學校——其實是全班都提早來了！先替小雞換糞便紙，將糞便拿到種豆的菜圃做堆肥。

接著，他們會小心翼翼的抱起他們的小乖乖，說說好話，餵他們吃飼料、喝水；小雞們似乎也知道孩子們的心意，溫馴的接受小哥哥、小姊姊們甜蜜的貼臉動作。

記得有一回，有一組孩子貪玩、忘了抱，結果小雞在籠子裡高聲尖叫，直到那組孩子回來抱牠為止，真是有趣極了！

十月有許多連續假日，我很擔心八隻養在教室裡的雞。當我把問題交給孩子們時，他們熱烈的討論了一節課，提出了解決問題的方法——各組會輪流到教室來餵雞。我半信半疑的將鑰匙交給他們。第一個放假日，我到學校察看，發現他們真能信守諾言。從此，我相信了七歲的孩子是有能力把交代的事情做好的。

這樣經歷了一個月，某天早上，我剛踏進教室，就聽到士勛大聲宣布：「我們這一組的小可愛長出利鋸來了！原來，牠是一隻公雞！」

養小雞給了孩子們一個反覆接觸同一個生命的機會；透過這個體驗，他們不但能瞭解雞的飼養方法和生活狀況，甚至能因此產生對其他生命的愛。

有一天早上，一隻蝴蝶和一隻蛾不約而同的飛進了教室，孩子們體貼的關上了電燈，把窗戶輕輕的全打開，靜靜的觀察著牠們；牠們倆自由自在的在教室裡飛行數圈才離開。

看著孩子們貼心的表現，我的心中充滿了感動與感恩。真感謝匡爸爸呀！

心靈畫圈圈

若要孩子學習無差別的生命關懷，就將他們置入那樣的環境裡；在生命教育的環境氛圍中，必然經歷許多情感歷程，包括喜怒哀樂、生離死別；當孩子經歷種種過程，我們的陪伴將是他們的後盾。

心靈打勾勾

一、我可以吃掉牠嗎：欣賞日本電影《和豬豬一起上課的日子》－－你會如何決定陪伴大家多年的豬豬的命運？

二、我家有一頭牛：閱讀甘耀明小說〈微笑老妞〉（收入《喪禮上的故事》，寶瓶文化出版）－－－頭老母牛如何打動一家子的心，成為故事主人翁最親密的「家人」。

校園裡的小豆豆

春天來了，校工在校園裡整理了三塊地，讓低年級的孩子學種豆。

種豆前，我和小朋友先靜默觀想小豆子長大後的可愛模樣；然後，全班隨著播放的大自然音樂翩翩起舞，體會小豆子努力長大的心情。接著，我們寫一封圖文並茂的祝福信送給小豆豆。

由於孩子們有了在教室裡養雞的經驗，因此這回他們有了許多溫馨的創意，把對小雞的愛與關懷延伸到豆豆們身上。

第一組的豆豆名字是「小寶貝」。他們寫著：「小寶貝，我輕輕的把你種在土裡，我會每天幫你澆水。希望你健康的長大，還希望你生很多可愛的孩子。」

第三組的豆豆是「小可愛」。「小可愛，祝福你！你要快點長大！我愛你，小可愛。希望你快點生孩子，快點做爸爸、媽媽。」

孩子們仔細觀察豆豆的生長，都會記得每天提水餵豆豆喝，也記得天天對豆豆們說好話；並拿著捲尺輕輕的為豆豆量莖圍，用心記錄著豆豆的生長過程。小豆豆們在愛的期待下，一天天的長大。

即使是月考，大家仍然記得要去澆水。我們排好隊，靜靜的走過榕樹下、黑板樹、木棉花道，一路上鳥聲啾啾不斷。

突然，一隻學飛的小麻雀從樹上跌了下來；曉蔓體貼的抱起牠，輕輕放在樹枝上；咻一下，麻雀媽媽就衝過來領回牠的小寶寶了。

看著麻雀母子團聚的動人畫面，每個人臉上都散發出美麗的光彩。

孩子們如此貼心、溫柔的表現，我的心中充滿了讚歎與感動……

心靈畫圈圈

孩子是自然的；在大自然裡，他們自在的展現了無差別的生命之愛。要讓他們如彩虹般美麗的光彩在長大之後依然美麗，請和大自然多接觸，讓孩子的自然天性不被成長過程中的煩擾遮蔽了！

心靈打勾勾

一、祕密基地：介紹你的大自然朋友，以及你們之間的故事。

二、祕密花園：延伸閱讀法國法蘭西絲．霍森．伯內特的小說《祕密花園》，以及改編自同一本小說的電影《祕密花園》（安格妮茲卡．賀蘭導演）

孩子忙著爬玉山

每天在放學後，我就留在教室裡寫明天的早修，我在黑板上寫著：

親愛的好孩子，大家早安！今天我們要一起過五關：

一、作一字師　　二、讀一首好詩

三、爬玉山　　四、數學五題

五、讀一本好書

好話：心不難，事就不難

這五項早修中，小朋友最快樂的事就是在學校「爬玉山」。

大家都很好奇在學校怎麼爬玉山？

我對孩子說：「玉山高三千九百五十二公尺；在學校跑一圈操場是兩百公尺，跑二十圈就等於爬了一次玉山。這學期爬最多次玉山的人，老師就送給他一個特別的禮物——從世界各國旅行帶回來的腳印、也就是各國的鞋子小藝品。這學期爬玉山最多次的人，老師就把義大利送給他。」

到了下學期，孩子們就很期待：老師這一學期會送哪個國家呢？有了趣味的活動，小朋友很高興也滿心期待，每節下課都去跑操場。

之後，我又在教室裡畫了一座玉山，讓每個小朋友們製作屬於自己的紙腳印，腳印寫上每個人的名字，跑完操場二十圈的人就可以把腳印放到玉山山頂上。

從此之後，下課時間沒有人來告狀，也沒有人吵架，因為都忙著去「爬玉山」了。

運動會那天，學校舉辦了八項比賽，我們班就得了八個冠軍。

心靈畫圈圈

要聰明、要靈活，記得多活動。John Medina教授說：「靈活用腦的十二原則中，第一原則就是——運動會增強腦力。」（《大腦當家》，洪蘭教授譯）

運動如何增強腦力？

在運動時，可使血液循環加速，讓更多氧氣進入供給大腦使用。所以，要增強你的思考技術就要「動」——要運動！

因此，運動是件好事，千萬不要把運動當作懲罰；做錯事的孩子如果罰他跑操場，他就會一輩子不喜歡運動了！

心靈打勾勾

一、你喜歡運動嗎？你喜歡那一種運動？原因是什麼？

二、想想看，怎麼讓孩子也跟你一樣愛上運動！

終章，未完成……

相知的感覺真好

記得我曾和小朋友討論自然習作上的題目：「教室裡太熱了，有什麼方法可使教室涼下來？」

剛開始時，有的小朋友會直接說：「開電扇。」

我說：「除了這些答案外，我們還可以怎麼做呢？」

雅涵說：「我們可以把窗戶都打開啊！然後靜靜的坐一會兒，心裡安靜了，就不會覺得熱了！」

忠翰說的是：「可以提一桶水，把地擦乾淨，水會蒸發掉，教室就會涼快多了！」

聽到稚氣的孩子如此回答，我的心中有許多的感動與歡喜。

想起當初第一次接小學一年級的班，第一個月是在手忙腳亂與挫折中度過的。隨著相聚時光增加，我們師生間慢慢的瞭解與成長，彼此之間竟有了一分相知的感覺。

我常和他們相視微笑著；在我們學習朗讀、一起做仰臥起坐時，我常笑著讀他們的眼睛。

他們還小，有點兒羞怯、有點兒膽小；但是，經過輕聲細語的解釋與示範後，就會慢慢的鼓起勇氣來學習新的課程。

經過了努力與練習，學會了，他們會欣喜的來牽我的手、抱抱我的胖腰；甚至快樂的拿起抹布，蹲在我的桌下替我把位子擦得乾乾淨淨，然後邀我和他們一樣赤足走在教室裡。

看著孩子這樣貼心的表現，真是天地的恩惠，我要好好珍惜……

國家圖書館出版品預行編目資料

成為孩子的伯樂 / 倪美英作. -- 初版. --
臺北市 : 慈濟傳播人文志業基金會, 2012.07
面 ;　公分
ISBN 978-986-6644-70-2(平裝)

855　　101013378

親子列車007

成為孩子的伯樂

創辦者	釋證嚴
發行者	王端正
作者	倪美英
特約編輯	林美蘭
策畫	財團法人泰山文化基金會
出版者	慈濟傳播人文志業基金會
	11259臺北市北投區立德路2號
客服專線	02-28989898
傳真專線	02-28989993
郵政劃撥	19924552　經典雜誌
責任編輯	賴志銘、高琦懿
美術設計	尚璟設計整合行銷有限公司
印製者	禹利電子分色有限公司
經銷商	聯合發行股份有限公司
	新北市新店區寶橋路235巷6弄6號2樓
電話	02-29178022
傳真	02-29156275
出版日	2012年7月初版1刷
	2017年3月初版11刷
建議售價	200元

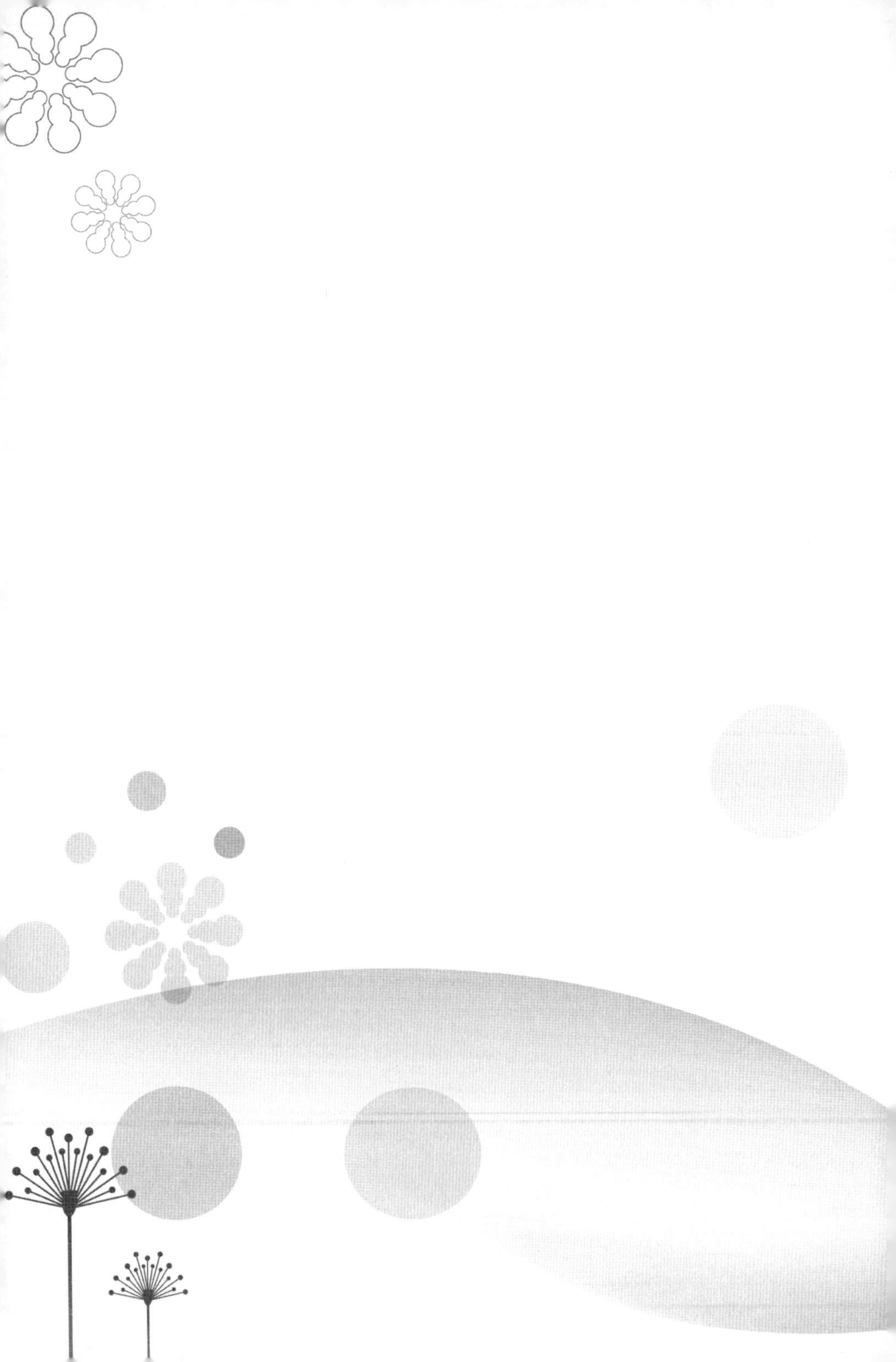